TRANZLATY

Sprache ist für alle da

Мова для всіх

Die Verwandlung
Перевтілення

Franz Kafka
Франц Кафка

Deutsch
Українська

www.tranzlaty.com

Teil Eins
Частина перша

Gregor Samsa erwachte eines Morgens aus unruhigen Träumen.

Одного ранку Грегор Замза прокинувся від тривожних снів.

Er befand sich in seinem Bett, konnte sich aber nicht bewegen.

Він опинився у своєму ліжку, але не міг поворухнутися.

Er war in ein monströses Ungeziefer verwandelt worden.

Він перетворився на жахливу тварюку.

Er lag auf dem Rücken, der sich hart wie eine Rüstung anfühlte.

Він лежав на спині, яка була тверда, як обладунки.

Indem er den Kopf ein wenig hob, konnte er seinen Bauch sehen.

Трохи піднявши голову, він міг побачити свій живіт.

Sein Bauch aber war gewölbt und in Segmente unterteilt.

Але його живіт був опуклим і розділеним на сегменти.

Die Decke lag auf seinem runden Bauch.

Ковдра лежала на його округлому животі.

Die Decke war jedoch kurz davor, ganz herunterzurutschen.

Але ковдра мало не сповзла повністю.

Seine Beine wirkten im Vergleich zu ihrer üblichen Größe jämmerlich.

Його ноги були жалюгідні порівняно зі своїм звичайним розміром.

Und seine vielen Beine flackerten hilflos vor seinen Augen.

А його численні ноги безпорадно миготіли перед очима.

„Was ist nur mit mir geschehen?", dachte er bei sich.

«Що зі мною сталося?» — подумав він сам собі.

Aber es war kein Traum, aus dem er nicht erwachen konnte.

Але це не був сон, від якого він не міг би прокинутися.

Es war tatsächlich sein eigenes Zimmer, in dem er sich wiederfand.

Це справді була його власна кімната, в якій він опинився.

Ein richtiges Zimmer für Menschen, aber leider etwas zu klein.

Справжня кімната для людей, але трохи замала.

Er lag still zwischen den vier bekannten Mauern.

Він тихо лежав між чотирма добре знайомими стінами.

Auf dem Tisch befand sich eine Sammlung von Textilmustern.

На столі стояла колекція зразків текстилю.

Samsa war Handelsreisender, daher die Muster.

Замза був комівояжером, звідси й зразки.

Über den auseinandergenommenen Textilproben hing ein Bild.

Над розібраними зразками текстилю була картина.

Er hatte das Bild erst vor Kurzem aus einer Zeitschrift ausgeschnitten.

Він нещодавно вирізав цю картинку з журналу.

Er hatte das Bild in einen hübschen, vergoldeten Rahmen gefasst.

Він помістив картину в гарну позолочену рамку.

Das gerahmte Bild zeigte eine aufrecht sitzende Dame.

На обрамленій картині була зображена жінка, яка сидить прямо.

Sie trug eine Pelzmütze und hatte einen Pelzmuff.

На ній була хутряна шапка, а на голові — хутряна муфта.

Sie hob ihre Hand in Richtung des Betrachters des Bildes.

Вона підняла руку до глядача картини.

Ihr ganzer Unterarm verschwand in ihrem schweren Pelzmuff.

Усе її передпліччя зникло у важкій хутряній муфті.

Gregor blickte aus dem Fenster auf das trübe Wetter.

Грегор дивився у вікно на похмуру погоду.

Man konnte hören, wie schwere Regentropfen gegen das Fenster prasselten.

Було чути, як важкі краплі дощу б'ються об вікно.

Das graue Wetter stimmte ihn sehr melancholisch.

Сіра погода викликала в нього сильну меланхолію.

„Wie wäre es, wenn ich noch ein bisschen länger schlafe?",
dachte er.

«А як щодо того, щоб я поспав трохи довше?» — подумав
він.

"Mehr Schlaf könnte mir helfen, diesen Unsinn zu
vergessen."

«Більше сну може допомогти мені забути цю
нісенітницю».

Länger zu schlafen war jedoch völlig unmöglich.

Але спати довше було абсолютно неможливо.

Weil er es gewohnt war, auf seiner rechten Seite zu schlafen.

Бо він звик спати на правому боці.

**Sein aktueller Zustand schränkte jedoch seine üblichen
Bewegungsfreiheiten ein.**

Але його нинішній стан заважав йому здійснювати
звичайні рухи.

Er hatte keine Möglichkeit, in diese Lage zu gelangen.

Він не мав жодного способу потрапити в таке становище.

Er versuchte sein Bestes, sich auf die rechte Seite zu werfen.

Він щосили намагався перевернутися на правий бік.

Er hat diese Bewegung wahrscheinlich hundertmal versucht.

Він, мабуть, намагався виконати цей рух сто разів.

Aber er kippte immer wieder in die Rückenlage zurück.

Але він завжди хитався назад у положення лежачи на
спині.

**Er schloss die Augen, um seine unruhigen Beine nicht sehen
zu müssen.**

Він заплющив очі, щоб не бачити своїх ніжок, що
метушилися.

**Am Ende hinderten ihn seine Schmerzen daran, es noch
einmal zu versuchen.**

Зрештою, біль зупинив його від нової спроби.

**Ein dumpfer Schmerz in der Seite, den er noch nie zuvor
gespürt hatte.**

Тупий біль у боці, якого він ніколи раніше не відчував.

„Oh Gott", dachte Gregor Samsa verzweifelt bei sich.

«О Боже», — відчайдушно подумав про себе Грегор Замза.

"Was für einen anstrengenden Beruf ich mir da doch ausgesucht habe!"

«Яку ж важку професію я собі обрав!»

„Ich muss beruflich Tag für Tag reisen."

«День у день мені доводиться їздити по роботі».

„Büroarbeit ist viel einfacher als die Arbeit unterwegs."

«Офісна робота набагато легша, ніж робота в дорозі».

„Und ich habe den Fluch, ständig reisen zu müssen."

«І в мене є прокляття – мені доводиться подорожувати».

„Die ganze Sorge, die Züge nicht rechtzeitig zu verpassen."

«Усі ці турботи про те, щоб встигнути на поїзди».

„Meine Mahlzeiten sind unregelmäßig und das Essen ist schlecht."

«Мій графік прийомів їжі нерегулярний, а їжа погана».

„Meine Freunde wechseln ständig, je nachdem, wo ich hinziehe."

«Мої друзі постійно змінюються з міста в місто».

„Meine Interaktionen sind kühl und professionell."

«Спілкування зі мною холодне та професійне».

„Sollen sich doch die Teufel mit solchen Arbeiten vergnügen!"

«Хай би чорт розважався такою роботою!»

Er verspürte ein leichtes Jucken im oberen Bereich seines Bauches.

Він відчув легке поколювання у верхній частині живота.

Er stemmte sich mit dem Rücken gegen den Bettpfosten.

Він притулився спиною до стовпа ліжка.

Er wollte seinen Kopf besser heben können.

Він хотів мати змогу краще піднімати голову.

Er fand die juckende Stelle, die ihn plagte.

Він знайшов місце, яке його турбувало, що свербіло.

Sein Kopf schien mit kleinen weißen Punkten bedeckt zu sein.

Здавалося, що його голова була вкрита маленькими білими цятками.

Was diese kleinen weißen Punkte waren, konnte er nicht sagen.

Що це були за маленькі білі цятки, він не міг зрозуміти.

Er hatte geplant, die Stelle mit einem seiner Beine zu berühren.

Він планував торкнутися цього місця однією зі своїх ніг.

Doch als er die Stelle berührte, verspürte er ein seltsames Frösteln.

Але коли він доторкнувся до цього місця, то відчув дивний холодок.

Daraufhin zog er sein Bein sofort von der Stelle weg.

Тож він одразу ж відвів ногу з місця.

Ihm blieb nichts anderes übrig, als das Jucken zu ertragen.

Йому не залишалося нічого іншого, окрім як змиритися з відчуттям свербіння.

Und er kehrte in seine vorherige Position im Bett zurück.

І він повернувся до свого попереднього положення в ліжку.

„Wer so früh aufwacht, wird echt ziemlich dumm."

«Прокидатися так рано справді робить людину досить дурною».

„Ein Mann braucht genug Schlaf", dachte er sich.

«Людина повинна достатньо спати», – подумав він собі.

„Die anderen Handelsreisenden leben in Luxus."

«Інші комівояжери живуть розкішним життям».

„Morgens übermittle ich die erhaltenen Bestellungen."

«Вранці я передаю отримані замовлення».

„Währenddessen frühstücken die Herren noch."

«Тим часом ці панове все ще снідають».

„Stellen Sie sich nur vor, ich würde das bei meinem Chef versuchen."

«Тільки уявіть, якби я спробував зробити це зі своїм начальником».

„Er würde mich feuern, bevor ich mit dem Frühstück fertig bin."

«Він би мене звільнив, перш ніж я закінчу свій сніданок».

„Aber vielleicht wäre das auch nicht das Schlimmste."

«Але, можливо, це також не було б найгіршим».

„Das Problem ist, dass meine Eltern mich zurückhalten."

«Проблема в тому, що мої батьки мене стримують».
„Ohne sie hätte ich schon längst gekündigt.“
«Якби не вони, я б уже подав у відставку».
„Ich hätte mich dem Chef entgegengestellt und es ihm gesagt.“
«Я б виступив проти начальника і сказав йому».
„Ich würde genau sagen, was ich von ihm und der Stelle halte.“
«Я б сказав саме те, що думаю про нього та про цю роботу».
„Er würde vom Schreibtisch fallen, wenn ich ihm alles erzählen würde!“
«Він би з-під столу впав, якби я йому все розповів!»
„Es ist sehr seltsam, wie er an seinem Schreibtisch sitzt.“
«Дуже дивно, як він сидить за своїм столом».
„Seine Art, mit seinen Untergebenen zu sprechen, ist nicht in Ordnung.“
«Те, як він розмовляє зі своїми підлеглими, неправильне».
„Und das Schlimmste ist, dass sein Gehör so schlecht ist.“
«А найгірше те, що в нього такий поганий слух».
„Sie haben also keine andere Wahl, als ganz nah bei ihm zu sitzen.“
«Тож у вас немає іншого вибору, окрім як сісти дуже близько до нього».
„Aber trotz allem ist die Hoffnung noch nicht völlig verloren.“
«Але, попри все це, надія ще не повністю втрачена».
„Ich werde das Geld sparen, um die Schulden meiner Eltern zu begleichen.“
«Я заощаджу гроші, щоб сплатити борг батьків».
„Ich kann nichts tun, solange sie ihm noch Geld schulden.“
«Я нічого не можу зробити, поки вони ще винні йому гроші».
„Aber wenn die Schulden beglichen sind, werde ich es auf jeden Fall tun.“
«Але коли борг буде сплачено, я обов'язково це зроблю».
„Es wird wahrscheinlich noch fünf bis sechs Jahre dauern.“

«Ймовірно, це займе ще п'ять-шість років».
"Ja, dann wird die große Trennung definitiv erfolgen."
«Так, тоді велике розлучення обов'язково відбудеться».
„Fürs Erste muss ich jedoch aufstehen.“
«Однак, поки що, я мушу встати з ліжка».
„Weil mein Zug um fünf Uhr abfährt.“
«Тому що мій поїзд відправляється о п'ятій годині».
Gregor blickte auf den tickenden Wecker auf dem Tisch.
Грегор подивився на будильник, що цокав на столі.
"Himmlischer Vater!", dachte er, als er die Uhrzeit sah.
«Небесний Отче!» — подумав він, побачивши час.
Halb sieben war schon still und leise vergangen.
Пів на сьому вже тихо минуло.
**Und die Zeiger der Uhr bewegten sich immer weiter
vorwärts.**
А стрілки годинника продовжували рухатися вперед.
Es war nun fast Viertel vor sieben.
А тепер наближалася без чверті сьома.
**"Vielleicht hat der Wecker nicht geklingelt, um mich zu
wecken?", dachte er.**
«Можливо, будильник не задзвонив, щоб мене
розбудити?» — подумав він.
Von seinem Bett aus inspizierte Gregor den Wecker.
Зі свого ліжка Грегор оглянув будильник.
Der Wecker war korrekt auf vier Uhr eingestellt.
Будильник був правильно налаштований на четверту
годину.
**Er konnte es sich nicht erklären, aber der Alarm musste
losgegangen sein.**
Він не міг цього пояснити, але, мабуть, задзвонив
будильник.
**"Wie konnte ich den Wecker verschlafen, ohne es zu
merken?"**
«Як я проспав будильник, не знаючи про це?»
Wenn der Alarm losgeht, wackeln sogar die Möbel.
Коли дзвонить будильник, навіть меблі трясуться.

Er wusste, dass sein Schlaf alles andere als ruhig gewesen war.

Він знав, що його сон зовсім не був спокійним.

Aber vielleicht war das der Grund, warum sein Schlaf so viel tiefer war.

Але, можливо, саме тому його сон був набагато глибшим.

Er musste darüber nachdenken, was er nun tun sollte.

Йому потрібно було подумати про те, що йому робити зараз.

Der nächste Zug fuhr erst um sieben Uhr ab.

Наступний поїзд відправлявся лише о сьомій годині.

Diesen Zug zu erreichen, wäre nahezu unmöglich.

Встигнути на цей поїзд було б майже неможливо.

Und die benötigten Textilien hatte er noch nicht eingepackt.

І він ще не зібрав потрібних йому текстильних виробів.

Er fühlte sich auch nicht besonders frisch und agil.

Він також не відчував себе особливо свіжим та спритним.

Vielleicht bestand die Möglichkeit, in den Zug einzusteigen.

Можливо, був шанс потрапити на поїзд.

Doch ein Tadel vom Chef war so oder so unvermeidlich.

Але докір від начальника був неминучим у будь-якому разі.

Der Angestellte wäre in den Fünf-Uhr-Zug eingestiegen.

Клерк мав би сів на поїзд о п'ятій годині.

Der Büroangestellte war ein willensschwaches Werkzeug des Chefs.

Офісний клерк був безхребетною істотою начальника.

Gregors Abwesenheit wäre also bereits gemeldet worden.

Тож про відсутність Грегора вже було повідомлено.

„Was wäre, wenn ich mich krankmelde?", überlegte Gregor.

«А що, як я зателефоную, що хворий?» — розмірковував Грегор.

Das wäre aber äußerst peinlich und verdächtig.

Але це було б надзвичайно незручно та підозріло.

Gregor war in der gesamten Zeit, die er dort arbeitete, nie krank gewesen.

Грегор ніколи не хворів за весь час своєї роботи там.

Und er hatte ihnen bereits fünf Jahre Dienst geleistet.

І він уже дав їм п'ять років служби.

Die Chancen standen gut, dass der Chef vorbeikommen würde, um nach ihm zu sehen.

Цілком імовірно, що начальник прийде перевірити його.

Er würde wahrscheinlich den Arzt der Krankenversicherung mitbringen.

Він, мабуть, приведе лікаря медичного страхування.

Und er würde die Eltern für ihren faulen Sohn verantwortlich machen.

І він звинувачував би батьків у лінивому сині.

Sie könnten gegen ihn keine Einwände erheben.

Вони не змогли б йому нічого заперечити.

Denn für ihn gab es nur zwei Arten von Arbeitern.

Бо для нього існувало лише два типи працівників.

Entweder waren die Arbeiter kerngesund oder arbeitsscheu.

Або робітники були повністю здоровими, або соромилися роботи.

Und läge er mit dieser grundlegenden Analyse überhaupt falsch?

І чи помилятиметься він навіть у цьому базовому аналізі?

In diesem Fall hatte er sicherlich ein starkes Argument.

Звичайно, в цьому випадку у нього був вагомий аргумент.

Trotz seines Aussehens fühlte sich Gregor tatsächlich recht wohl.

Незважаючи на свій вигляд, Грегор насправді почувався досить добре.

Der unnötig lange Schlaf hatte ihn etwas schläfrig gemacht.

Непотрібно довгий сон зробив його трохи сонним.

Abgesehen davon konnte er sich aber über keine Krankheit beklagen.

Але крім цього, він не міг скаржитися на хворобу.

Er verspürte sogar einen besonders starken und gesunden Hunger.

Він навіть відчував особливо сильний і здоровий голод.

Während er diesen Gedanken nachging, schlug die Uhr erneut.

Поки він обмірковував ці думки, годинник знову пробив.

Laut Alarm war es jetzt Viertel vor sieben.

Згідно з будильником, зараз було без чверті сьома.

Und nun klopfte es auch leise an der Tür.

А тепер у двері також тихо постукали.

„Gregor", rief ihm jemand zu – es war die Mutter.

«Грегоре», — хтось покликав його, — це була мати.

„Es ist Viertel vor sieben", bestätigte sie den Alarm.

«Зараз без чверть сьома», – підтвердила вона сигнал тривоги.

"Wolltest du nicht gehen?", fragte die sanfte Stimme.

«Хіба ти не хотів піти?» — спитав ніжний голос.

Gregor erschrak, als er seine eigene Stimme antworten hörte.

Грегор злякався, почувши свій голос у відповідь.

Es war immer noch dieselbe Stimme, die er schon immer hatte.

Голос був усе той самий, що й завжди.

Doch nun mischte sich ein neuer Klang in seine Stimme.

Але тепер у його голосі з'явився новий звук.

Tief aus seinem Inneren entfuhr ihm auch ein schmerzhafter Schrei.

З глибини його душі також вирвався болісний писк.

Zunächst schien seine Stimme die Worte klar zu formen.

Спочатку здавалося, що його голос чітко вимовляє слова.

Doch dann hörte Gregor das Echo seiner Stimme in seinem Kopf.

Але потім Грегор почув усвідомлене відлуння власного голосу.

Die Aufnahme seiner Stimme ist auf seltsame Weise zerbrochen.

Запис його голосу дивним чином обірвався.

Und er war sich nicht sicher, ob er richtig gehört hatte.

І він не був певен, чи правильно почув.

Gregor verspürte den starken Wunsch, eine ausführliche Antwort zu geben.

Грегор відчув глибоке бажання дати детальну відповідь.

Er wollte seiner Mutter alles genau erklären.

Він хотів чітко все пояснити матері.

Doch angesichts der Umstände musste er sich einschränken.

Але, з огляду на обставини, йому довелося себе обмежити.

Und er antwortete viel kürzer, als er es gern getan hätte.

І він відповів набагато коротше, ніж хотілося б.

"Ja, Mutter, keine Sorge, danke, ich bin schon wach."

"Так, мамо, не хвилюйся, дякую, я вже встала."

Die Holztür trug vermutlich dazu bei, seine Stimme zu dämpfen.

Дерев'яні двері, мабуть, допомагали приглушити його голос.

Draußen blieb die Veränderung in Gregors Stimme unbemerkt.

Ззовні зміна в голосі Грегора залишилася непоміченою.

Die Mutter schien mit seiner Erklärung zufrieden zu sein.

Мати, здавалося, була задоволена його поясненням.

Und sie ging genauso leise wieder, wie sie gekommen war.

І вона пішла знову так само тихо, як і прийшла.

Doch das kurze Gespräch hatte eine unerwünschte Folge.

Але ця коротка розмова мала небажаний ефект.

Er erregte die Aufmerksamkeit der anderen Familienmitglieder.

Він привернув увагу інших членів родини.

Gregor war noch zu Hause und nicht zur Arbeit gegangen.

Грегор все ще був удома і не пішов на роботу.

Und nun klopfte auch der Vater an die Seitentür.

А тепер батько постукав ще й у бічні двері.

Er klopfte schwach, aber entschlossen mit der Faust.

Він слабо, але рішуче постукав кулаком.

„Gregor, Gregor", rief er, „was ist das Problem?"

«Грегоре, Грегоре, — гукнув він, — у чому проблема?»

Nach einer Weile warnte er erneut, diesmal mit tieferer Stimme.

Трохи згодом він знову попередив, але вже низьким голосом.

Doch nun klopfte die Schwester an die andere Tür.

Але в інші бічні двері постукала сестра.

"Gregor? Geht es dir nicht gut?", fragte sie leise.

«Грегоре? Тобі недобре?» — тихо запитала вона.

„Brauchen Sie irgendetwas?", fragte sie besorgt.

«Тобі щось потрібно?» — стурбовано запитала вона.

Gregor antwortete beiden Seiten: „Ich bin schon fertig."

Грегор відповів обом сторонам: «Я вже закінчив».

Er hatte sich größte Mühe gegeben, alle Wörter sorgfältig auszusprechen.

Він намагався якнайкраще вимовляти всі слова.

Und er entfernte alles Auffällige aus seiner Stimme.

І він прибрав у своєму голосі все, що впадало в око.

Auch der Vater schien mit der Antwort zufrieden zu sein.

Батько також здавався задоволеним відповіддю.

Und er kehrte zu seinem unvollendeten Frühstück zurück.

І він повернувся до свого недоїденого сніданку.

Doch die Schwester flüsterte: „Gregor, mach auf, ich flehe dich an."

Але сестра прошепотіла: «Грегоре, відкрийся, благаю тебе».

Doch ihre Sorge um ihn konnte ihn in keiner Weise bewegen.

Але її турбота про нього ніяк не могла його зворушити.

Gregor hatte nicht die Absicht, ihr die Tür zu öffnen.

Грегор не мав наміру відчиняти їй двері.

Durch seine Reisen hatte er sich einige vorsichtige Gewohnheiten angeeignet.

Подорожі придбали у нього деякі обережні звички.

Und er lobte sich selbst dafür, die Türen abgeschlossen zu haben.

І він похвалив себе за те, що замкнув двері.

Zunächst wollte er in Ruhe und in seinem eigenen Tempo aufstehen.

Спочатку він хотів тихо встати у свій вільний час.

Und er wollte sich ungestört anziehen.

І, не давши себе заважати, він хотів одягнутися.

Nachdem er das geschafft hatte, wollte er frühstücken.

Досягнувши цього, він захотів поснідати.

Erst dann wollte er die Situation weiter überdenken.

Тільки тоді він захотів розглянути ситуацію далі.

Er wusste, dass es sinnlos war, im Bett Pläne zu schmieden.

Він знав, що немає сенсу будувати плани в ліжку.

Zu einem vernünftigen Schluss zu gelangen, wäre unmöglich.

Дійти до розумного висновку було б неможливо.

Es gab schon andere Male, da war er mit leichten Schmerzen aufgewacht.

Були й інші випадки, коли він прокидався від легкого болю.

Diese Schmerzen erwiesen sich stets als reine Einbildung.

Ці болі завжди виявлялися чистою уявою.

Beim Aufstehen verschwanden die Schmerzen ausnahmslos.

Коли я вставав з ліжка, біль незмінно зникав.

Er war neugierig, was mit diesen Ideen geschehen würde.

Йому було цікаво побачити, що станеться з цими ідеями.

Die Veränderung seiner Stimme war wahrscheinlich nur auf eine Erkältung zurückzuführen.

Зміна в його голосі, мабуть, була просто через застуду.

Erkältungen sind für Reisende einfach ein Berufsrisiko.

Застуда — це просто професійний ризик для мандрівників.

Er hatte keinen Zweifel daran, dass dies die logische Erklärung war.

Він не сумнівався, що це логічне пояснення.

Es gelang ihm mühelos, die Decke von sich zu streifen.

Зняти з себе ковдру було легко.

Er musste nur einatmen und sich aufblasen.

Все, що йому потрібно було зробити, це вдихнути та надути повітря.

Die Decke rutschte von seinem Körper und landete auf dem Boden.

Ковдра зісковзнула з його тіла на підлогу.

Sein unglaublich breiter Körperbau erschwerte auch andere Dinge.

Його неймовірно широке тіло ускладнювало інші речі.

Er hätte Arme und Hände gebraucht, um aufzustehen.

Йому знадобилися б руки та кисті, щоб встати.

Aber er hatte nicht mehr die Gliedmaßen, die er früher gehabt hatte.

Але в нього не було тих кінцівок, які були раніше.

Anstelle von Armen und Händen hatte er viele kleine Beine.

Замість рук і кистей у нього було багато маленьких ніжок.

Und seine Beine bewegten sich ständig, ohne dass er es kontrollieren konnte.

І його ноги постійно рухалися, без його контролю.

Er versuchte, ein Bein zu beugen, aber stattdessen streckte es sich.

Він спробував зігнути одну ногу, але замість цього вона потягнулася.

Schließlich gelang es ihm, ein Bein unter seine Kontrolle zu bringen.

Йому нарешті вдалося взяти одну ногу під контроль.

Doch dann wurde die Bewegung der anderen Beine freigegeben.

Але потім рух інших ніг був звільнений.

Und seine Beine zuckten vor lauter Aufregung.

І всі його ноги сіпалися від надзвичайного хвилювання.

Zuerst wollte er seinen Unterkörper aus dem Bett bekommen.

Спочатку він хотів встати з ліжка нижньою частиною тіла.

Seinen Unterkörper hatte er aber noch nicht gesehen.

Але він насправді ще не бачив нижньої частини свого тіла.

Und es erwies sich ohnehin als zu schwierig, diesen Teil zu versetzen.

І перемістити цю частину виявилося надто складно.

Schließlich wagte er mit all seiner Kraft einen waghalsigen Schritt.

Зрештою, з усіх сил він зробив один сміливий рух.

Ohne weiter zu zögern, trat er vorwärts.

Без зайвих вагань він рушив уперед.

Doch er hatte die falsche Richtung eingeschlagen.

Але він обрав неправильний напрямок для руху.

Er schlug mit voller Wucht mit dem Körper gegen den unteren Bettpfosten.

Він сильно вдарив своїм тілом об нижню стійку ліжка.

Der brennende Schmerz, den er empfand, lehrte ihn eine wertvolle Lektion.

Пекучий біль, який він відчував, дав йому цінний урок.

Sein Unterkörper war vielleicht empfindlicher.

Нижня частина його тіла, можливо, була чутливішою.

Also versuchte er zuerst, seinen Oberkörper aus dem Bett zu bekommen.

Тож він спочатку спробував підняти з ліжка верхню частину тіла.

Er drehte seinen Kopf vorsichtig in die richtige Richtung.

Він обережно повернув голову в потрібному напрямку.

Und schon bald lag sein Kopf am Bettrand.

І невдовзі його голова опинилася повернута до краю ліжка.

Diese vorsichtige Vorgehensweise fiel ihm tatsächlich leicht.

Цей обережний рух насправді давався йому легко.

Und weder seine Breite noch sein Gewicht hinderten ihn an seinen Bewegungen.

А його ширина та вага не зупиняли його рухів.

Die Masse seines Körpers folgte langsam der Drehung des Kopfes.

Маса його тіла повільно слідувала за поворотом голови.

Doch dann streckte er den Kopf über die Bettkante.

Але потім він висунув голову з краю ліжка.

Und er sah sich einer neuen Angst gegenüber, über die er noch nicht nachgedacht hatte.

І він зіткнувся з новим страхом, про який ще не думав.

Ein weiteres Vorgehen in dieser Richtung könnte gefährlich sein.

Подальше просування таким чином може бути небезпечним.

Er hatte gedacht, er würde sich einfach fallen lassen.

Він думав, що просто дозволить собі впасти.

Es wäre aber ein Wunder, wenn er sich dabei nicht am Kopf verletzen würde.

Але це було б диво, якби він не травмував голову.

Jetzt war nicht der richtige Zeitpunkt, um ein Bewusstseinsverlustrisiko einzugehen.

Зараз не час ризикувати втрачати свідомість.

Vielleicht wäre es doch besser, im Bett zu bleiben.

Можливо, краще все ж таки залишитися в ліжку.

Doch dann musste er denselben Aufwand betreiben, um zurückzukehren.

Але потім йому довелося докласти таких самих зусиль, щоб повернутися.

Nach all der Mühe lag er da, genau wie zuvor.

Після всіх цих зусиль він лежав там, як і раніше.

Und nun schienen seine Beine noch wütender zu sein als zuvor.

А тепер його ноги здавалися ще злішими, ніж були раніше.

Die Bewegungen seiner Beine waren noch unkontrollierbarer geworden.

Рухи його ноги стали ще більш неконтрольованими.

Er sah keinen Ausweg aus seiner Situation.

Він не бачив жодного виходу з ситуації, в якій опинився.

Aus diesem Chaos konnte kein Frieden und keine Ordnung hergestellt werden.

Мир і порядок не могли бути встановлені в цьому хаосі.

Aber er wusste, dass auch im Bett zu bleiben keine Option war.

Але він знав, що залишатися в ліжку також не варіант.

Alles zu opfern war die vernünftigste Option.

Пожертвувати всім було найрозумнішим варіантом.

Er klammerte sich an den kleinsten Hoffnungsschimmer, jemals wieder aufstehen zu können.

Він чіплявся за найменшу надію встати з ліжка.

Wenn ihm das gelingt, hat sich das ganze Risiko gelohnt.

Якби йому це вдалося, весь ризик був би того вартий.

Doch gleichzeitig erinnerte er sich auch an etwas anderes.

Але водночас він згадав і дещо інше.

„Besser als verzweifelte Entscheidungen sind ruhige Überlegungen.“

«Краще спокійні роздуми, ніж відчайдушні рішення».

Mit aller Kraft konzentrierte er seinen Blick auf das Fenster.

З усіх зусиль він зосередив погляд на вікні.

Doch was er sah, stimmte ihn wenig zuversichtlich und erfreute ihn nicht.

Але побачене не принесло йому ні впевненості, ні підбадьорення.

Der Morgennebel hüllte die gesamte enge Straße ein.

Ранковий туман вкривав усю вузьку вулицю.

Der Wecker klingelte erneut; es war nun sieben Uhr.

Будильник знову задзвонив; тепер була сьома година.

„Es ist bereits sieben Uhr und es ist immer noch so neblig.“

«Вже сьома година, а ще такий туман».

Eine Zeitlang lag er still da und atmete nur schwach.

Якийсь час він лежав тихо, ледь дихаючи.

Vielleicht würde etwas Ruhe eine gewisse Normalität herbeiführen.

Можливо, трохи тиші принесе якусь нормальність.

Völliges Schweigen könnte die wahren Zustände herbeiführen.

Повна тиша могла б створити реальні умови.

Doch bevor die Uhr erneut schlug, durchbrach er das Schweigen.

Але перш ніж годинник знову пробив, він порушив мовчання.

Bevor die Uhr wieder schlägt, muss ich aus dem Bett sein.

«Перш ніж знову проб'є годинник, я маю встати з ліжка».

„Ich muss bis dahin unbedingt komplett aus dem Bett sein.“

«До того часу я точно маю вже не вставати з ліжка».

„Nach Viertel nach sieben schickt das Büro jemanden.“

«Після чверть на восьму з офісу когось пришлють».

„Weil das Büro vor sieben Uhr öffnete.“

«Тому що офіс відкрився до сьомої години».

Und nun begann er, seinen Körper aus dem Bett zu schaukeln.

І тепер він почав розгойдуватися, піднімаючись з ліжка.

Er hatte aufgehört, sich auf seinen Ober- oder Unterkörper zu konzentrieren.

Він перестав зосереджуватися на верхній чи нижній частині тіла.

Sein ganzer Körper musste aus dem Bett herausragen.

Уся його довжина тіла мала покинути ліжко.

Bei einem Sturz in diese Richtung sollte sein Kopf geschützt sein, dachte er.

Падіння таким чином мало б захистити його голову, подумав він.

Er hatte geplant, den Kopf zu heben, sobald er auf dem Boden aufschlug.

Він планував підняти голову, коли впаде на землю.

Sein Rücken schien hart genug für den Aufprall zu sein.

Задня частина його тіла здавалася достатньо твердою для удару.

Und der Teppich diente dazu, die Landung abzufedern.

А килим був там для того, щоб пом'якшити приземлення.

Seine größte Sorge galt jedoch dem Lärm.

Однак найбільше його турбував гучний шум.

Das krachende Geräusch würde alle im Haus erschrecken.

Звук гуркоту налякав би всіх у будинку.

Vielleicht hätten sie keine Angst vor dem lauten Lärm.

Можливо, вони не боялися б гучного шуму.

Aber sie wären mit Sicherheit besorgt, wenn sie davon hörten.

Але вони точно занепокоїлися б, якби почули.

Man musste aber das Risiko eingehen, Aufmerksamkeit zu erregen.

Але ризикнути привернути увагу доводилося.

Die neue Methode war eher ein Spiel als eine Anstrengung.

Новий метод був радше грою, ніж зусиллям.

Er musste seinen Körper in plötzlichen und ruckartigen Bewegungen hin und her wiegen.

Йому доводилося розгойдувати своє тіло різкими та уривчастими рухами.

Gregor war schon halb aus dem Bett aufgestanden.

Грегор уже наполовину підвівся з ліжка.

Nun kam ihm gerade ein neuer Gedanke.

Тепер йому щойно спала на думку нова думка.

„Es wäre alles so einfach, wenn mir jemand zu Hilfe käme.“

«Все було б так легко, якби хтось прийшов мені на допомогу».

„Zwei kräftige Personen würden völlig ausreichen.“

«Двох сильних людей буде цілком достатньо».

Sein Vater und das Dienstmädchen wären stark genug.

Його батько та служниця будуть достатньо сильними.

Sie müssten nur ihre Arme unter seinen Rücken schieben.

Їм просто довелося б просунути руки під його спину.

Und dann könnten sie ihn ganz leicht aus dem Bett ziehen.

А потім вони могли легко витягнути його з ліжка.

Vielleicht hätten sie sein Gewicht langsam reduzieren müssen.

Можливо, їм довелося б поступово знижувати його вагу.

Hoffentlich hätten die Beine dann ihren Zweck gefunden.

Сподіваюся, тоді ноги знайшли б своє призначення.

Wäre es nicht letztendlich besser, um Hilfe zu rufen?

«Хіба не краще було б все ж таки покликати на допомогу?»

Das Problem war natürlich, dass er die Türen abgeschlossen hatte.

Проблема, звісно, полягала в тому, що він замкнув двері.

Irgendwie hatte der Gedanke etwas, das ihn amüsierte.

Щось у цій думці його лоскотало.

Und trotz seiner Notlage konnte er sich ein Lächeln nicht verkneifen.

І попри свої труднощі, він не міг стримати посмішки.

Er war schon kurz davor, das Gleichgewicht zu verlieren.

Він уже ледь не втратив рівновагу.

Mit jedem Schwung kam er dem Umkippen vom Bett näher.

З кожним помахом він був ближче до того, щоб упасти з ліжка.

Bald musste er die endgültige Entscheidung treffen.

Невдовзі йому доведеться прийняти остаточне рішення.

In fünf Minuten würde es Viertel nach sieben sein.

Через п'ять хвилин мало бути чверть на восьму.

Während er diesen Gedanken nachging, klingelte es an der Tür.

Поки він обмірковував ці думки, продзвенів дзвінок у двері.

„Das ist jemand aus dem Büro", sagte er zu sich selbst.

«Це хтось з офісу», — сказав він собі.

Und er erstarrte fast vor Angst angesichts des Besuchers.

І він мало не завмер від страху через гостя.

Seine Beine tanzten noch wilder als zuvor.

Його ноги танцювали ще шаленіше, ніж раніше.

Doch dann herrschte einen Moment lang Stille.

Але потім, на мить, все затихло.

„Sie werden die Tür nicht öffnen", sagte Gregor zu sich selbst.

«Вони не відчинять дверей», — сказав собі Грегор.

Er war noch immer einer sinnlosen Hoffnung verfallen.

Його все ще охоплювала якась безглузда надія.

Doch dann ging das Dienstmädchen natürlich zur Tür.

Але потім, звісно, покоївка підійшла до дверей.

Und wie immer öffnete sie dem Besucher die Tür.

І, як завжди, вона відчинила двері гостю.

Gregor brauchte nur die erste Begrüßung des Besuchers zu hören.

Грегору потрібно було лише почути перше привітання гостя.

Er konnte sofort erkennen, wer ihn gesucht hatte.

Він одразу зрозумів, хто за ним прийшов.

Der Hauptschreiber selbst war gekommen, um nach Samsa zu sehen.

Сам головний писар прийшов перевірити Замзу.

Warum war Gregor der Einzige, der zu diesem Schicksal verurteilt wurde?

Чому лише Грегор був приречений на таку долю?

Warum musste ausgerechnet er in einer solchen Organisation dienen?

Чому тільки йому довелося служити в такій організації?

Das geringste Versehen weckte sofort Misstrauen.

Найменший недогляд одразу викликав підозру.

Waren alle Angestellten, die dort arbeiteten, Schurken?

Невже всі працівники, які там працювали, були негідниками?

Gab es denn keinen treuen und ergebenen Menschen unter ihnen?

Невже серед них не було жодної вірної та відданої людини?

Hätten sie nicht einfach einen Lehrling schicken können?

Хіба вони не могли просто надіслати сюди учня?

War diese ganze Infragestellung überhaupt notwendig?

Чи всі ці розпити справді були потрібні?

Musste der Bevollmächtigte persönlich erscheinen?

Чи мав уповноважений представник прийти особисто?

Musste wirklich die gesamte unschuldige Familie informiert werden?

Чи потрібно було повідомити всю невинну родину?

All diese Überlegungen veranlassten Gregor zum Handeln.

Усі ці міркування спонукали Грегора до дії.

Er schwang sich mit aller Kraft aus dem Bett.

Він щосили зірвався з ліжка.

Es gab einen lauten Knall, aber es war eigentlich kein richtiges Geräusch.

Пролунав гучний вибух, але це не був справжній шум.

Der Fall wurde durch den Teppich etwas abgemildert.

Падіння трохи пом'якшив килим.

Sein Rücken war elastischer, als Gregor angenommen hatte.

Його спина була еластичнішою, ніж Грегор гадав.

Der Klang war also dumpfer und nicht so auffällig.

Тож звук був більш глухим і не таким помітним.

Doch er hatte seinen Kopf während des Sturzes nicht geschützt.

Але він не подбав про свою голову під час падіння.

Und als er auf den Boden aufschlug, schlug er auch mit dem Kopf auf.

А коли він упав на землю, то ще й вдарився головою.

Er rieb sich vor Wut und Schmerz den Kopf am Teppich.

Він від гніву та болю терся головою об килим.

Der Manager im Nachbarzimmer hörte jedoch den Lärm.

Але менеджер у сусідній кімнаті почув шум.

„Da ist etwas hineingefallen", stellte er richtig fest.

«Щось туди впало», – правильно зауважив він.

Gregor versuchte, sich den Manager in seine Lage zu versetzen.

Грегор спробував уявити менеджера на його місці.

„Könnte ihm dasselbe passieren?", fragte er sich.

«Чи невже з ним станеться те саме?» — подумав він.

Er akzeptierte, dass dieses seltsame Ereignis möglich sein könnte.

Він визнав, що ця дивна подія можлива.

Und dann ging der Hauptsekretär ein paar Schritte in den Raum.

А потім головний клерк зробив кілька кроків до кімнати.

Es war fast schon eine plumpe Antwort auf seine Frage.

Це була майже груба відповідь на його запитання.

Seine Lederstiefel knarrten, als er sich der Tür näherte.

Його шкіряні чоботи заскрипіли, коли він наближався до дверей.

Aus dem Zimmer zu seiner Rechten flüsterte ihm seine Magd zu.

З кімнати праворуч від нього служниця прошепотіла йому.

„Gregor, der Bevollmächtigte, ist hier."

«Грегоре, уповноважений представник тут».

„Ich weiß", sagte Gregor, aber nur leise zu sich selbst.

«Я знаю», — сказав Грегор, але лише тихо сам до себе.

Er wagte es nicht, seine Stimme lauter als ein Flüstern zu erheben.

Він не смів підвищувати голос вище шепоту.

Weil Gregor nicht wollte, dass seine Schwester ihn hörte.

Бо Грегор не хотів, щоб сестра його чула.

„Gregor", sagte der Vater aus dem Zimmer links.

«Грегоре», — сказав батько з кімнати ліворуч.

Der Manager ist gekommen, um nach dem Rechten zu sehen.

«Менеджер прийшов перевірити, у чому проблема».

„Er fragte, warum du nicht den frühen Zug genommen hast."

«Він запитав, чому ти не вирушив раннім поїздом».

„Wir wissen nicht, was wir ihm sagen sollen", sagte der Vater.

«Ми не знаємо, що йому сказати», – сказав батько.

„Übrigens möchte er auch persönlich mit Ihnen sprechen."

«До речі, він також хоче поговорити з вами особисто».

„Bitte öffnen Sie die Tür, damit er mit Ihnen sprechen kann."

«Будь ласка, відчиніть двері, щоб він міг з вами поговорити».

„Er wird so freundlich sein, das Chaos im Zimmer zu entschuldigen."

«Він буде настільки люб'язний, що вибачить за безлад у кімнаті».

"Guten Morgen, Herr Samsa", rief ihm der Manager zu.

«Доброго ранку, пане Замза», — гукнув до нього менеджер.

Und er sprach ganz gewiss in freundlicher Weise mit ihm.

І він справді розмовляв з ним дружелюбно.

„Es geht ihm nicht gut", sagte die Mutter zum Manager.

«Він нездоровий», – сказала мати менеджеру.

„Es geht ihm überhaupt nicht gut, glauben Sie mir, lieber Manager."

«Він зовсім не здоровий, повірте мені, шановний менеджере».

"Warum sonst sollte Gregor den Morgenzug verpassen?"

«Чому б інакше Грегор пропустив ранковий поїзд?»

„Der Junge hat nichts anderes im Kopf als das Geschäft.“

«У хлопця ні про що, крім бізнесу, немає ні в чому його клопоту».

„Es ärgert mich fast, dass er nichts anderes tut.“

«Мене майже дратує, що він нічим іншим не займається».

„Ich wünschte, er würde abends an die frische Luft gehen.“

«Шкода, що він не виходить вечорами подихати свіжим повітрям».

„Er war acht Tage geschäftlich in der Stadt.“

«Він був у місті вісім днів у справах».

„Aber er war ja jeden dieser Abende zu Hause.“

«Але ж він кожного з цих вечорів був удома»

„Er sitzt an unserem Tisch und liest die Zeitung.“

«Він сидить за нашим столом і читає газету».

„Manchmal studiert er auch die Fahrpläne der Züge.“

«Іншим часом він вивчає розклад руху поїздів».

„Manchmal beschäftigt er sich mit Tischlerarbeiten.“

«Іноді він справді зайнятий столярством».

„Zum Beispiel schnitzte er einen kleinen Bilderrahmen aus Holz.“

«Наприклад, він вирізьбив маленьку дерев'яну рамку для картини».

„An zwei oder drei Abenden war er mit der Säge beschäftigt.“

«Протягом двох чи трьох вечорів він був зайнятий пилкою».

„Sie werden staunen, wie hübsch der Bilderrahmen ist.“

"Ви будете вражені тим, яка гарна ця рамка для картини."

„Er hat den Bilderrahmen in seinem Zimmer aufgehängt.“

«Він повісив рамку для картини у своїй кімнаті».

„Wenn er die Tür öffnet, werden Sie seine Holzarbeiten sehen.“

«Коли він відчинить двері, ви побачите його дерев'яні вироби».

„Übrigens freut es mich, dass Sie hier sind, Herr Prokurist.“

«До речі, я радий, що ви тут, пане Прокурист».

„Wir allein hätten Gregor nicht dazu bringen können, die Tür zu öffnen."

«Самі ми не змогли б змусити Грегора відчинити двері».

„Er ist so stur", gestand seine Mutter dem Angestellten.

«Він такий впертий», – зізналася його мати клерку.

„Er ist ganz sicher krank, obwohl er das vorher bestritten hat."

«Він точно нездоровий, хоча раніше це заперечував».

„Ich komme gleich", sagte Gregor langsam und bedächtig.

«Я зараз буду», — повільно та обережно промовив Грегор.

Doch er machte keine Anstalten, sich der Tür des Zimmers zuzuwenden.

Але він не зробив жодного руху до дверей кімнати.

Er wollte kein Wort des Gesprächs verpassen.

Він не хотів втратити жодного слова з розмови.

Der Hauptsekretär stimmte der Einschätzung der Mutter zu.

Головний клерк погодився з оцінкою матері.

"Ich kann es Ihnen auch nicht anders erklären, Madam."

«Я теж не можу пояснити це інакше, пані».

„Hoffen wir alle, dass er keine schwere Krankheit hat", sagte er.

«Будемо всі сподіватися, що у нього немає серйозної хвороби», – сказав він.

„Andererseits stellt es eine Gefahr in unserer Branche dar."

«З іншого боку, це небезпека в нашій галузі».

„Wir Geschäftsleute müssen oft Unannehmlichkeiten überwinden."

«Нам, діловим людям, часто доводиться долати дискомфорт».

„Profis müssen leichte Schmerzen einfach aushalten."

«Професіоналам просто потрібно пережити легкі труднощі».

Währenddessen klopfte sein Vater erneut an die andere Tür.

Тим часом його батько знову постукав в інші двері.

„Kann der Hauptsekretär jetzt hereinkommen?", wollte er wissen.

«Чи може зараз зайти головний клерк?» — хотів знати він.

"Nein, das kann er nicht", antwortete Gregor auf die Frage seines Vaters.

«Ні, він не може», – відповів Грегор на запитання батька.

Im Raum links von uns herrschte betretenes Schweigen.

У кімнаті ліворуч запала незручна тиша.

Im Zimmer rechts begann die Schwester zu schluchzen.

У кімнаті праворуч сестра почала ридати.

Warum war die Schwester nicht zu den anderen gegangen?

Чому сестра не пішла до інших?

Sie war wahrscheinlich gerade erst aufgestanden, dachte er.

Вона, мабуть, щойно встала з ліжка, подумав він.

Vielleicht hatte sie noch gar nicht angefangen, sich anzuziehen.

Можливо, вона ще навіть не почала одягатися.

Gregor aber verstand nicht, warum sie weinte.

Але Грегор не міг зрозуміти, чому вона плаче.

Lag es daran, dass er nicht aufgestanden war und den Manager hereingelassen hatte?

Це тому, що він не встав і не впустив менеджера?

Lag es daran, dass er Gefahr lief, seinen Job zu verlieren?

Чи це було тому, що йому загрожувала втрата роботи?

Könnte der Chef wie früher gegen die Eltern vorgehen?

Чи може начальник, як і раніше, напасти на батьків?

Würde er seine alten Forderungen an sie wiederholen?

Невже він знову висуватиме перед ними старі вимоги?

Diese Dinge waren wahrscheinlich unnötig.

Про ці речі, мабуть, не варто було турбуватися.

Im Moment hatte sie keinen Grund zu weinen.

Поки що в неї не було причин плакати.

Gregor war noch da und sorgte für seine Familie.

Грегор все ще був тут, забезпечував сім'ю.

Und er hatte nie die Absicht, die Familie zu verlassen.

І він ніколи не мав наміру залишати сім'ю.

Im Moment lag er einfach nur da auf dem Teppich.

Поки що він просто лежав на килимі.

Die Familie wusste nichts von seinem Zustand.

Родина не знала, в якому він стані.

Hätten sie das gewusst, hätten sie seinen Chef nicht ermutigt.

Якби вони знали, то не заохочували б його начальника.

Sie hätten nicht einmal den Manager ins Haus gelassen.

Вони б навіть менеджера не впустили до будинку.

Ihn abzuweisen wäre nicht besonders unhöflich gewesen.

Відвернути його було б не особливо неввічливо.

Er hätte später problemlos eine passende Ausrede finden können.

Він міг би легко знайти підходящу відмовку пізніше.

Dafür hätte er nicht entlassen werden können.

Це не те, за що його могли звільнити.

Gregor war der Ansicht, dass es jetzt vernünftiger wäre, allein gelassen zu werden.

Грегор вважав, що тепер буде розумніше залишитися на самоті.

Ihn durch Weinen und Reden zu stören, brachte wenig.

Турбувати його плачем та розмовами мало що дало.

Doch die anderen beunruhigte die Ungewissheit.

Але саме ця невизначеність непокоїла інших.

Und genau diese Unsicherheit entschuldigte ihr Verhalten.

І саме ця невизначеність виправдовувала їхню поведінку.

„Herr Samsa!", rief der Manager mit erhobener Stimme.

— Пане Замза, — гукнув менеджер підвищеним голосом.

„Was ist los mit dir?", wollte er wissen.

«Що з тобою відбувається?» — хотів він знати.

„Du hast dich in deinem Zimmer verbarrikadiert."

«Ти забарикадувався у своїй кімнаті».

„Sie antworten nur mit ‚Ja' oder ‚Nein'."

«Ви відповідаєте лише «так» або «ні».

„Du bereitest deinen Eltern große Sorgen."

«Ти завдаєш своїм батькам серйозних турбот».

„Ich sehe keinen guten Grund, warum Sie sie beunruhigen sollten."

«Не бачу жодної вагомої причини, чому б тобі їх турбувати».

„Es gibt da noch eine Sache, die ich nebenbei erwähnen
möchte.“
«Є ще дещо, про що я згадаю мимохідь».
„Sie vernachlässigen auch Ihre geschäftlichen Pflichten uns
gegenüber.“
«Ви також нехтуєтесь своїми діловими обов'язками перед
нами».
„Eine solche Verantwortungslosigkeit entspricht so gar nicht
Ihrem Charakter.“
«Така безвідповідальність зовсім не в твоїй характері».
„Ich spreche hier im Namen Ihrer Eltern und Ihres Chefs.“
«Я говорю тут від імені ваших батьків і вашого
начальника».
„Und ich bitte Sie um eine sofortige und klare Erklärung.“
«І я прошу вас негайного та чіткого пояснення».
„Das Ganze erstaunt mich wirklich, das muss ich sagen.“
«Мушу сказати, що вся ця справа справді вражає мене».
„Ich dachte, ich kenne dich als ruhigen und vernünftigen
Menschen.“
«Я думав, що знаю тебе як спокійну та розсудливу
людину».
„Aber jetzt zeigst du uns eine andere Seite von dir.“
«Але тепер ти показуєш нам свою іншу сторону».
„Plötzlich zeigst du deine ganz eigenen Launen.“
«Раптом ти проявляєш свої дуже своєрідні примхи».
„Aber es könnte eine Erklärung für Ihr Scheitern geben.“
«Але вашій невдачі може бути пояснення».
„Der Chef erwähnte eine Forderung, die Sie für uns
eingetrieben hatten.“
«Шеф згадав про борг, який ви для нас стягнули».
"Ich habe dem Chef in Ihrem Namen mein Ehrenwort
gegeben."
«Я дав шефу слово честі від вашого імені».
„Aber jetzt sehe ich deine unverständliche Sturheit.“
«Але тепер я бачу твою незбагненну впертість».
"Vielleicht verliere ich auch noch jegliche Lust, dir
überhaupt zu helfen."

«Я можу все ж втратити будь-яке бажання тобі допомагати».
„Ihre Arbeitsplatzsicherheit ist keineswegs völlig stabil.“
«Ваша гарантія зайнятості аж ніяк не є цілком стабільною».
„Eigentlich wollte ich euch das alles unter vier Augen erzählen.“
«Спочатку я мав намір розповісти тобі все це приватно».
„Aber jetzt sehe ich, dass Sie wollen, dass ich hier meine Zeit verschwende.“
«Але тепер я бачу, що ви хочете, щоб я гаяв тут свій час».
„Ich sehe also keinen Grund, warum deine Eltern das nicht wissen sollten.“
«Тож я не бачу жодної причини, чому твої батьки не повинні знати».
„Ihre Leistungen in letzter Zeit waren nicht zufriedenstellend.“
«Ваша нещодавня робота була незадовільною».
„Ich räume ein, dass die Verkäufe zu dieser Jahreszeit langsamer laufen.“
«Я визнаю, що продажі в цю пору року повільніші».
„Aber es gibt keine Jahreszeit, in der es keine Verkäufe gibt.“
«Але немає пори року, коли б не було продажів».
Für einen Moment vergaß Gregor alles um sich herum.
На мить Грегор забув усе навколо.
„Aber Herr Prokurist!“, rief Gregor verzweifelt aus.
«Але ж пане Прокуристе!» — вигукнув Грегор у розпачі.
"Ich öffne die Tür sofort, jetzt gleich, keine Sorge."
«Я зараз відчиню двері, просто зараз, не хвилюйся».
„Das Problem ist, dass ich mich ziemlich unwohl fühle.“
«Проблема в тому, що я почуваюся досить погано».
„Mir war schwindelig, deshalb konnte ich die Tür nicht erreichen.“
«Моє запаморочення завадило мені дістатися до дверей».
„Ich liege zwar noch im Bett, aber es geht mir schon viel besser.“

«Я все ще лежу в ліжку, але почуваюся набагато краще».

"Einen Moment bitte, ich stehe gerade erst auf."

"Зачекайте хвилинку, будь ласка, я якраз встаю з ліжка."

"Einen Moment Geduld, Herr Prokurist, ist alles, worum ich bitte."

«Хвилинку терпіння — це все, про що я прошу, пане Прокуристе».

„Es läuft nicht so gut, wie ich dachte, aber ich werde es schon schaffen.“

«Все йде не так добре, як я думав, але зі мною все буде добре».

"Wie kann so etwas einem Menschen so schnell passieren?"

«Як таке може так швидко статися з людиною?»

„Mir ging es gestern Abend gut, das wissen meine Eltern.“

«Я почувався добре минулої ночі, мої батьки це знають».

„Aber vielleicht hatte ich damals schon eine kleine Vorahnung.“

«Але, можливо, в мене вже тоді було невеличке передчуття».

„Man könnte sich fragen, warum ich es nicht im Büro gemeldet habe.“

«Ви можете запитати, чому я не повідомив про це в офісі».

„Ich dachte, ich würde mich morgen früh wieder viel besser fühlen.“

«Я думав, що вранці мені буде набагато краще».

„Man denkt immer, dass sie die Krankheit bis dahin besiegt haben werden.“

«Завжди думаєш, що на той час хвороба вже подолається».

„Aber bitte! Verschonen Sie meine Eltern vor diesen Anschuldigungen!“

«Але будь ласка! Звільніть моїх батьків від цих звинувачень!»

„Mir wurde kein Wort von dem erzählt, was Sie mir erzählt haben.“

«Мені не сказали жодного слова про те, що ти мені розповів».

„Sie haben möglicherweise die letzten von mir versandten Befehle nicht gelesen."

«Можливо, ви не читали останніх наказів, які я розіслав».

„Übrigens, du brauchst dir heute keine Sorgen um mich zu machen."

«До речі, тобі сьогодні не потрібно за мене хвилюватися».

„Ich werde trotzdem den Zug um acht Uhr nehmen."

«Я все одно поїду потягом о восьмій годині».

„Die wenigen Stunden Ruhe haben mich ausreichend gestärkt."

«Кілька годин відпочинку достатньо мене зміцнили».

"Sie müssen wirklich nicht warten, Manager."

«Вам справді немає потреби чекати, менеджере».

„Auch ich werde schon bald im Büro sein."

«Я теж скоро буду в офісі».

"Und bitte seien Sie so freundlich, ein gutes Wort für mich einzulegen."

«І будь ласка, будьте такі ласкаві, замовте за мене добре слівце».

Gregor hatte seine Erklärung recht hastig vorgetragen.

Грегор вимовив своє пояснення досить поспішно.

Er wusste selbst kaum, was er eigentlich sagen wollte.

Він ледве знав, що насправді намагається сказати.

Er ging zu der Kiste und versuchte, sich daran hochzuziehen.

Він підійшов до коробки та спробував використати її, щоб встати.

Er hatte wirklich die feste Absicht, die Tür zu öffnen.

Він справді мав намір відчинити двері.

Er wollte vom Bevollmächtigten empfangen werden.

Він хотів, щоб його побачив уповноважений представник.

Und er wollte das Problem persönlich mit ihm lösen.

І він хотів вирішити проблему особисто з ним.

Er war gespannt darauf, wie die anderen auf ihn reagieren würden.

Йому дуже кортіло дізнатися, як інші відреагують на нього.

Sie sind bestimmt inzwischen auch gespannt darauf, wie es ihm geht.

Вони, мабуть, також вже нетерпляче чекають, як у нього справи.

Es gab zwei mögliche Arten, wie sie auf ihn reagieren konnten.

Було два можливих способи, як вони могли на нього відреагувати.

Eine Möglichkeit war, dass sie Angst bekommen würden.

Однією з можливостей було те, що вони будуть налякані.

Wenn sie Angst hatten, dann trug er keine Verantwortung.

Якщо вони були налякані, то він не ніс відповідальності.

Und dann müsste er sich keine Sorgen mehr um die Situation machen.

І тоді йому не довелося б турбуватися про ситуацію.

Es gab aber auch noch eine andere Möglichkeit, die man in Betracht ziehen musste.

Але була також інша можливість, про яку варто подумати.

Vielleicht würden sie ihn so, wie er war, einfach hinnehmen.

Можливо, вони б спокійно прийняли його таким, яким він є.

Dann hätte auch Gregor keinen Grund, sich aufzuregen.

Тоді б і у Грегора не було причин засмучуватися.

Es bliebe noch genügend Zeit, den Zug zu erreichen.

Ще буде достатньо часу, щоб встигнути на поїзд.

Das Aufrechtstehen war jedoch alles andere als einfach.

Однак стояти прямо було аж ніяк не легким завданням.

Bei seinen ersten Versuchen rutschte er von der Kiste ab.

Під час перших кількох спроб він зісковзнув з коробки.

Die Kiste war zu glatt, als dass er sich dagegen stemmen konnte.

Коробка була надто гладенькою, щоб він міг об неї встати.

Und schließlich gab er sich noch einen letzten Anstoß, um aufzustehen.

І нарешті він зробив останній поштовх, щоб підвестися.

Er schenkte den Schmerzen in seinem Bauch keine Beachtung mehr.

Він більше не звертав уваги на біль у животі.

Egal wie groß der Schmerz sein würde, er würde es durchstehen.

Яким би сильним не був біль, він би його пережив.

Er ließ sich gegen die Lehne eines nahegelegenen Stuhls fallen.

Він дозволив собі впасти на спинку сусіднього стільця.

Und er hielt sich mit seinen kleinen Beinchen am Rand fest.

І він тримався за краї своїми маленькими ніжками.

Zu diesem Zeitpunkt hatte er sich besser im Griff.

На цьому етапі він краще взяв себе в руки.

Und sein Fall war stiller als der vorherige.

І його падіння було тихішим за попереднє.

Weil er dem Manager zuhören musste.

Бо він мусив слухати, що каже менеджер.

„Habt ihr irgendetwas davon verstanden?“, fragte er die Eltern.

«Ви щось зрозуміли?» — спитав він батьків.

"Er würde uns doch nicht zum Narren halten, oder?"

«Він же не зробить з нас дурнів, чи не так?»

„Um Gottes Willen!“, rief die Mutter und weinte bereits.

«Заради Бога», — гукнула мати, вже плачучи.

„Er könnte schwer krank sein und wir quälen ihn.“

«Він може бути серйозно хворий, і ми його мучимо».

"Grete! Grete!", schrie sie ihrer Tochter zu.

«Ґрете! Ґрете!» — кричала вона доньці.

„Mutter?“, rief die Schwester von der anderen Seite.

«Мамо?» — гукнула сестра з іншого боку.

Dann kommunizierten sie durch Gregors Zimmer.

Потім вони спілкувалися через кімнату Грегора.

„Gregor ist sehr krank und braucht Medikamente.“

«Грегор дуже хворий, і йому потрібні ліки».

„Sie müssen sofort zum Arzt gehen.“

«Вам доведеться негайно йти до лікаря».

Hast du gehört, wie Gregor eben gesprochen hat?

«Ти чув, як Грегор щойно говорив?»

„Das war die Stimme eines Tieres", sagte der Manager.

«Це був голос тварини», — сказав менеджер.

Seine Worte waren leise im Vergleich zu den Schreien der Mutter.

Його слова були тихими порівняно з криками матері.

"Anna! Anna!", rief der Vater durch das Vorzimmer.

«Анно! Анно!» — гукнув батько з передпокою.

Und er klatschte in die Hände, um ihre Aufmerksamkeit zu erregen.

І він заплескав у долоні, щоб привернути їхню увагу.

"Holt sofort einen Schlüsseldienst!", befahl er dem Dienstmädchen.

«Негайно викликайте слюсаря!» — наказав він покоївці.

Die Mädchen rannten in ihren Röcken durch das Vorzimmer.

Дівчата, в спідницях, пробігли через передпокій.

Und ihre Röcke raschelten, als sie an seinem Zimmer vorbeiliefen.

І їхні спідниці шелестіли, коли вони пробігали повз його кімнату.

„Wie konnte sich die Schwester so schnell anziehen?", dachte er.

«Як сестра так швидко одяглася?» — подумав він.

Die Tür war aufgerissen, aber nicht zugeschlagen.

Двері були розчахнуті, але не зачинені з грюкотом.

Dies kommt häufig in Haushalten vor, in denen ein großes Unglück geschieht.

Це поширене явище в будинках, де трапляється велике нещастя.

All das hatte Gregor jedoch deutlich ruhiger gemacht.

Але все це значно заспокоїло Грегора.

Als er seine eigenen Worte hörte, erschienen sie ihm klar.

Коли він почув власні слова, вони здалися йому зрозумілими.

Tatsächlich war er der Ansicht, seine Worte seien eigentlich klarer gewesen.

Насправді, він відчував, що його слова були чіткішими.

Die anderen aber verstanden nicht mehr, was er sagte.

Але інші вже не розуміли, що він мав на увазі.

Vielleicht hatte er sich inzwischen an seine Ohren gewöhnt.

Можливо, він уже звик до своїх вух.

Aber zumindest verstanden sie seine Situation jetzt besser.

Але принаймні тепер вони краще розуміли його ситуацію.

Sie erkannten, dass mit ihm tatsächlich etwas nicht stimmte.

Вони зрозуміли, що з ним справді щось не так.

Und sie taten nun alles, was sie konnten, um ihm zu helfen.

І тепер вони робили все можливе, щоб допомогти йому.

Dies gab Gregor ein Gefühl des Selbstvertrauens, das ihm gefehlt hatte.

Це дало Грегору відчуття впевненості, якого йому бракувало.

Und er fühlte sich in der Familie wieder viel sicherer.

І він знову почувався набагато впевненіше в родині.

Er hatte das Gefühl, wieder in den menschlichen Kreis aufgenommen zu sein.

Він відчув, ніби знову потрапив до людського кола.

Nun musste er hoffen, dass der Schlüsseldienst die Tür öffnen konnte.

Тепер йому залишалося сподіватися, що слюсар зможе відчинити двері.

Und er hoffte, der Arzt könne solche Aufgaben ausführen.

І він сподівався, що лікар зможе виконувати такі завдання.

Er würde bald wieder mehr reden müssen.

Невдовзі йому знову доведеться більше говорити.

Seine Stimme musste so klar wie möglich sein.

Його голос мав бути якомога чіткішим.

Zur Vorbereitung auf das Treffen räusperte er sich.

Щоб підготуватися до зустрічі, він прокашлявся.

Er bemühte sich jedoch, nur sehr leise zu husten.

Однак він намагався кашляти лише дуже тихо.

Das Geräusch klang möglicherweise anders als ein menschlicher Husten.

Звук міг відрізнятися від людського кашлю.

Er wusste, dass er solche Dinge nicht mehr unterscheiden konnte.

Він знав, що більше не може розрізняти такі речі.

Im Nebenzimmer war es vollkommen still geworden.

У сусідній кімнаті стало зовсім тихо.

Die Eltern saßen wahrscheinlich am Tisch.

Батьки, мабуть, сиділи за столом.

Möglicherweise flüsterten sie mit dem Manager.

Можливо, вони шепотілися з менеджером.

Vielleicht lehnten alle an der Tür und lauschten.

Можливо, всі стояли біля дверей і підслуховували.

Gregor schob den Stuhl langsam in Richtung Tür.

Грегор повільно підсунув стілець до дверей.

Er stemmte sich gegen die Tür und hielt sich aufrecht.

Він відштовхнувся від дверей і випростався.

Er stellte fest, dass sich an seinen Fußsohlen ein wenig Klebstoff befand.

Він дізнався, що на подушечках його лап є трохи клею.

Und er ruhte sich dort einen Moment lang von der Anstrengung aus.

І він на мить відпочив від напруги.

Nachdem er sich ausreichend ausgeruht hatte, begann er mit der nächsten Aufgabe.

Достатньо відпочивши, він взявся за наступне завдання.

Er begann, den Schlüssel mit dem Mund im Schloss zu drehen.

Він почав ротом повертати ключ у замку.

Leider schien er gar keine Zähne zu haben.

На жаль, здавалося, що у нього не було справжніх зубів.

Aber welche andere Möglichkeit hätte er gehabt, an die Schlüssel zu gelangen?

Але який інший спосіб у нього був схопити ключі?

Zum Glück für ihn waren seine Kiefer natürlich sehr kräftig.

На щастя для нього, його щелепи, звісно, були дуже міцними.

Mit Hilfe seiner Kiefermuskeln brachte er den Schlüssel tatsächlich in Bewegung.

За допомогою своїх щелеп він справді зрушив ключ з місця.

Er hatte keinen Zweifel daran, dass er sich damit auch selbst schadete.

Він не мав жодних сумнівів, що завдає шкоди й собі.

Weil eine braune Flüssigkeit aus seinem Mund kam.

Бо з його рота текла коричнева рідина.

Die braune Flüssigkeit ergoss sich über den Schlüssel und die Tür hinunter.

Коричнева рідина стікала по ключу та вниз по дверях.

Aber Gregor kümmerte es nicht, dass er sich selbst schadete.

Але Грегору було байдуже, що він шкодить собі.

„Können Sie das hören?“, fragte der Manager im Nebenraum.

«Ви чуєте це?» — сказав менеджер у сусідній кімнаті.

„Er dreht den Schlüssel um“, hatte der Manager bemerkt.

«Він повертає ключ», — помітив менеджер.

Diese Worte waren eine große Ermutigung für Gregor.

Ці слова дуже підбадьорили Грегора.

Aber auch Vater und Mutter hätten rufen sollen:

Але батько й мати також мали б вигукнути:

„Gut gemacht, Gregor!“, hätten sie ihm zurufen sollen.

«Добре, Грегоре», — мали б вони йому крикнути.

„Immer weiter, immer weiter am Schlüssel drehen, du schaffst das.“

«Продовжуй, повертай ключ, ти зможеш це зробити».

Stattdessen musste Gregor sich ihre Begeisterung vorstellen.

Але натомість Грегор мусив уявити їхнє хвилювання.

Er presste die Zähne zusammen mit aller Kraft, die er hatte.

Він стиснув щелепи щосили.

Und er drehte den Schlüssel weiter im Schloss.

І він продовжував повертати ключ у замку.

Sein Körper wand sich schmerzhaft im Kreis.

Його тіло болісно закручувалося по колу.

Er konnte sich nur noch mit dem Mund aufrecht halten.

Тепер він тримався прямо лише за допомогою рота.

Um den Schlüssel weiterzudrehen, drückte er gegen die Tür.

Щоб продовжувати крутити ключ, він натиснув на двері.

Schließlich weckte das Knacken des Schlosses Gregor wieder auf.

Нарешті клацання замка знову розбудило Грегора.

„Ich brauchte also keinen Schlüsseldienst", seufzte er erleichtert.

«Тож мені не потрібен був слюсар», — зітхнув він з полегшенням.

Jetzt musste er nur noch die Tür öffnen, die er aufgeschlossen hatte.

Тепер йому залишалося лише відчинити двері, які він відімкнув.

Und mit dem Kopf auf dem Türgriff öffnete er die Tür.

І, поклавши голову на ручку, він відчинив двері.

Er befand sich hinter der Tür, die in sein Zimmer führte.

Він був за дверима, що відчинялися до його кімнати.

Die Tür war also schon offen, bevor man ihn sehen konnte.

Тож двері вже були відчинені, перш ніж його змогли побачити.

Als Nächstes musste er sich um die Tür herummanövrieren.

Далі йому довелося маневрувати навколо самих дверей.

Diese schwierige Bewegung erforderte auch viel Mühe.

Цей складний рух також вимагав чимало зусиль.

Er wollte nicht ungeschickt in den nächsten Raum fallen.

Він не хотів незграбно впасти до сусідньої кімнати.

So hatte er keine Zeit, sich auf irgendetwas anderes zu konzentrieren.

Тож у нього не було часу звертати увагу на щось інше.

Doch dann hörte er den Hauptsekretär laut „Oh!" ausrufen.

Але потім він почув, як головний клерк голосно вигукнув: «О!»

Es klang, als würde der Wind durchs Haus rauschen.

Звучало так, ніби вітер пронизував будинок.

Er war zufällig derjenige, der der Tür am nächsten stand.

Випадково він був тим, хто був найближче до дверей.

Und als er ihn nun sah, presste er die Hand an den Mund.

І тепер, побачивши його, він приклав руку до рота.

Langsam bewegte er sich rückwärts, weg von Gregor.

Він повільно відступив назад, подалі від Грегора.

Aber es war, als ob eine unsichtbare Kraft auf ihn einwirkte.

Але на нього ніби діяла якась невидима сила.

Das Erste, was die Mutter tat, war, den Vater anzusehen.

Перше, що зробила мати, це подивилася на батька.

Trotz der Anwesenheit des Managers war ihr Haar zerzaust.

Незважаючи на присутність менеджера, її волосся було скуйовджене.

Sie verschränkte die Arme und machte zwei Schritte nach vorn.

Вона розпростерла руки й зробила два кроки вперед.

Doch dann brach sie mitten in ihrem Rock zusammen.

Але потім вона впала посеред спідниці.

Ihr Kleid breitete sich um sie herum auf dem Boden aus.

Її сукня розтягнулася навколо неї по підлозі.

Und ihr Kopf verschwand auf ihren eigenen Brüsten.

І її голова зникла на власних грудях.

Der Vater ballte mit feindseligem Gesichtsausdruck die Faust.

Батько стиснув кулак з ворожим виразом обличчя.

Er schien Gregor zurück in sein Zimmer drängen zu wollen.

Здавалося, він хотів, щоб Грегора заштовхали назад до його кімнати.

Dann blickte er unsicher im Wohnzimmer umher.

Потім він невпевнено озирнувся по вітальні.

Und schließlich bedeckte er seine Augen mit den Händen.

І нарешті він закрив очі долонями.

Und er weinte bitterlich, bis seine mächtige Brust erbebte.

І він гірко плакав, аж поки його могутні груди не затремтіли.

Gregor betrat ihr Zimmer tatsächlich gar nicht.

Грегор насправді взагалі не заходив до їхньої кімнати.

Stattdessen lehnte er sich an den Türrahmen.

Натомість він прихилився до дверної рами.

Von außen war nur die Hälfte seines Körpers sichtbar.

Лише половина його тіла була видна тим, хто був зовні.

Und auf seinem Körper befand sich sein Kopf, zur Seite geneigt.

А зверху його тіла була голова, нахилена набік.

Das Licht war inzwischen viel heller geworden als zuvor.

На той час світло стало набагато яскравішим, ніж раніше.

Man konnte nun deutlich die andere Straßenseite sehen.

Тепер було чітко видно інший бік вулиці.

Ein Teil des endlosen, grauen Krankenhauses gab sich zu erkennen.

Попереду відкрилася частина безкінечної сірої лікарні.

Der Morgenregen hatte noch nicht ganz aufgehört.

Ранковий дощ ще не зовсім припинився.

Doch nun waren die Regentropfen größer und weiter voneinander entfernt.

Але тепер краплі дощу були більші та далі одна від одної.

Das Frühstücksbuffet war in Hülle und Fülle vorhanden.

Страв на сніданок було на столі вдосталь.

Der Vater hielt das Frühstück für die wichtigste Mahlzeit.

Батько вважав сніданок найважливішим прийомом їжі.

Das Frühstück war eine Mahlzeit, die er stundenlang in die Länge zog.

Сніданок був трапезою, яку він тягнув годинами.

Und in diesen Stunden las er die verschiedenen Zeitungen.

І в ці години він читав різні газети.

Direkt gegenüber hing ein Foto von Gregor.

Якраз на протилежній стіні висіла фотографія Грегора.

Das Foto an der Wand zeigte ihn als Leutnant.

На фотографії на стіні він був зображений у званні лейтенанта.

Es war ein Foto aus seiner Zeit beim Militär.

Це було фото з часів, коли він служив у армії.

Seine Hand ruhte auf seinem Schwert, und er hatte ein unbeschwertes Lächeln im Gesicht.

Його рука була на мечі, а на очах у нього була безтурботна посмішка.

Seine Haltung und seine Uniform flößten einen gewissen Respekt ein.

Його постава та уніформа вимагали певної поваги.

Die andere Tür, die zum Vorzimmer führte, war ebenfalls offen.

Інші двері, що вели до передпокою, також були відчинені.

Und die Tür zur Wohnung war auch noch offen.

І двері до квартири також були відчинені.

Man konnte bis zum Vorhof des Wohnhauses sehen.

Звідти було видно аж до переднього двору квартири.

Und dann führte die Treppe hinunter auf die Straße.

А потім сходи вели вниз, на вулицю.

Gregor war der Einzige, der die Fassung bewahrt hatte.

Грегор був єдиним, хто зберіг самовладання.

Er hat das gesehen, daher lag die Verantwortung für das Gespräch bei ihm.

Він це бачив, тому розмова була його відповідальністю.

"So, ich werde mich jetzt für die Arbeit anziehen", sagte er.

«Ну, я зараз одягнуся на роботу», – сказав він.

„Sobald ich die Textilmuster verpackt habe, werde ich abreisen."

«Після того, як я спакую зразки текстилю, я піду».

"Beabsichtigen Sie immer noch, mich zu entlassen, Herr Prokurist?"

«Ви все ще маєте намір мене звільнити, пане Прокурист?»

„Wie Sie sehen, bin ich nicht so stur, wie Sie dachten."

«Як бачиш, я не такий упертий, як ти думав».

„Und Sie können sehen, dass ich doch gerne arbeite."

«І ви бачите, що я таки люблю працювати».

„Ich kann zugeben, dass Reisen aus beruflichen Gründen nicht einfach ist."

«Можу визнати, що подорожувати у справах непросто.»

„Aber ich kann auch akzeptieren, dass es Teil meines Jobs ist."

«Але я також можу прийняти те, що це частина моєї роботи».

"Manager, wo gehen Sie hin? Zurück ins Büro?"

"Менеджере, куди ви йдете? Назад до офісу?"

„Werden Sie alles, was Sie gesehen haben, wahrheitsgemäß berichten?"

«Ви правдиво розповісте про все, що бачили?»

„Manchmal kommt es vor, dass man nicht zur Arbeit gehen kann."

«Іноді трапляється, що людина не може ходити на роботу».

„Das ist der richtige Zeitpunkt, um sich an vergangene Erfolge zu erinnern."

«Це саме той час, щоб згадати минулі досягнення».

„Nachdem die Schwierigkeit beseitigt wurde, funktioniert es sogar noch besser."

«Після усунення труднощів людина працює ще краще».

„Mein Fleiß und meine Konzentration werden zunehmen."

«Моя старанність та зосередженість зростатимуть».

"Sie wissen ganz genau, dass ich dem Chef etwas schulde."

«Ти ж добре знаєш, що я в боргу перед начальником».

„Aber ich mache mir auch Sorgen um meine Eltern und meine Schwester."

«Але також я хвилююся за своїх батьків і сестру».

„Ich stecke in einer schwierigen Lage, aber ich werde einen Weg finden, da wieder herauszukommen."

«Я у скрутному становищі, але я з нього виберуся».

„Macht es nicht noch schwieriger, als es ohnehin schon ist."

«Не ускладнюй це, ніж воно вже є».

„Als Kollegen müssen wir uns auch gegenseitig helfen."

«Як колеги по роботі, ми також повинні допомагати один одному».

„Ich weiß, dass die Büroangestellten die Reisenden nicht mögen."

«Я знаю, що офісні працівники не люблять мандрівників».

„Ihr glaubt, wir verdienen ein Vermögen und führen ein gutes Leben."

«Ти думаєш, що ми заробляємо статки та ведемо гарне життя».

„Sie haben keinen wirklichen Grund, ihre Vorurteile zu hinterfragen."

«У них немає реальних підстав враховувати свої упередження».

„Sie als befugter Beamter haben jedoch eine andere Rolle.“

«Але у вас, уповноважений офіцер, інша роль».

„Sie haben einen besseren Überblick als die anderen Mitarbeiter.“

"У вас кращий огляд, ніж у інших співробітників."

„Tatsächlich glaube ich, dass Sie den besten Überblick haben.“

«Насправді, я думаю, що ви маєте найкращий огляд ситуації.»

„Sie haben einen besseren Überblick als der Chef selbst.“

«У тебе кращий огляд, ніж у самого начальника».

„Ich gebe zu, dass der Chef die unternehmerische Arbeit leistet.“

«Я визнаю, що начальник справді виконує підприємницьку роботу».

„Aber es ist leicht, dass seine Urteile in die Irre geführt werden.“

«Але його судження легко помилитися».

„Und diese kleinen Fehleinschätzungen können uns zum Nachteil gereichen.“

«І ці невеликі помилки можуть бути нам на шкоду».

„Sie wissen ja, wie leicht es ist, über den Reisenden zu sprechen.“

«Ти ж знаєш, як легко говорити про мандрівника».

„Er ist nicht da, um seinen Ruf vor Gerüchten zu verteidigen.“

«Він там не для того, щоб захищати свою репутацію від пліток».

„Diese Anschuldigungen können leicht nur Zufälle sein.“

«Ці звинувачення легко можуть бути просто збігами».

„Viele Beschwerden beruhen nicht einmal auf irgendeiner Wahrheit.“

«Багато скарг навіть не ґрунтуються на жодній істині».

„Er ist fast das ganze Jahr über nicht im Büro.“

«Його майже цілий рік немає в офісі».

Welche Chance hat er, seinen Ruf zu verteidigen?

«Який у нього шанс захистити власну репутацію?»

„Er erfährt gar nichts von den Anschuldigungen."

«Він навіть не чує про звинувачення».

„Er erfährt erst, was gesagt wurde, wenn es zu spät ist."

«Він дізнається, що було сказано, коли вже надто пізно».

„Zu diesem Zeitpunkt ist er von der Tagesreise völlig erschöpft."

«На той момент він вже виснажений після денної подорожі».

„Er muss die schrecklichen Konsequenzen trotzdem am eigenen Leib erfahren."

«Йому все одно доведеться відчути жахливі наслідки».

„Auch wenn er keine Möglichkeit hat, das Problem zu verstehen."

«Хоча він ніяк не може зрозуміти проблему».

"Oh Manager, gehen Sie nicht, ohne mir ein Wort zu sagen."

"О, менеджере, не йдіть, не сказавши мені ні слова."

„Sag mir wenigstens, dass du mir teilweise zustimmst."

«Хоча б скажи, що ти частково зі мною згоден».

Der Manager hatte sich aber schon viel früher von Gregor abgewandt.

Але менеджер відвернувся від Грегора набагато раніше.

Seine Schulter zuckte, als er Gregor anblickte.

Його плече сіпнулося, коли він глянув на Грегора.

Und er blieb während der gesamten Rede kein einziges Mal stehen.

І він жодного разу не зупинився на місці під час промови.

Er hatte Gregor mit zusammengepressten Lippen angesehen.

Він дивився на Грегора, стиснувши губи.

Er hatte sich allmählich in Richtung Tür zurückgezogen.

Він поступово відступав до дверей.

Aber auch er konnte den Blick nicht von Gregor abwenden.

Але він також не міг відвести погляду від Грегора.

Er hatte das Gefühl, es gäbe ein geheimes Verbot, den Raum zu verlassen.

Він відчував, ніби існує таємна заборона виходити з кімнати.

Zu diesem Zeitpunkt befand er sich aber bereits in der Eingangshalle.

Але на цьому етапі він уже був у вхідній залі.

Und nun machte er eine plötzliche Bewegung in Richtung Ausgang.

І тепер він різко рушив до виходу.

Er streckte seine rechte Hand in Richtung der Treppe aus.

Він простягнув праву руку до сходів.

Vielleicht wartete eine übernatürliche Macht darauf, ihn zu retten.

Можливо, якась надприродна сила чекала на його порятунок.

Gregor wusste, dass er ihn so nicht gehen lassen konnte.

Грегор знав, що не може дозволити йому так піти.

Der Manager darf nicht in der Stimmung zurückkehren, in der er sich befand.

Менеджер не повинен повертатися в такому настрої, в якому він був.

Gregors Arbeitsplatz war stark gefährdet.

Безпека роботи Грегора була під великою загрозою.

Die Eltern konnten das alles nicht vollständig verstehen.

Батьки не могли до кінця зрозуміти всього цього.

Über die Jahre hatten sie sich an seine Arbeitsplatzsicherheit gewöhnt.

З роками вони звикли до його стабільної роботи.

Und sie waren davon überzeugt, dass er den Job auf Lebenszeit hatte.

І вони переконалися, що ця робота в нього на все життя.

Stattdessen hatten sie sich mit anderen Sorgen beschäftigt.

Натомість вони були зайняті іншими турботами.

Doch diese Bedenken führten dazu, dass sie jegliche Weitsicht verloren.

Але ці побоювання призвели до того, що вони втратили будь-яку передбачливість.

Gregor hatte jedoch die elterliche Weitsicht nicht verloren.

Грегор, однак, не втратив батьківської передбачливості.
Jemand musste den Bevollmächtigten stoppen.
Хтось мав зупинити уповноваженого представника.
Er musste ihn beruhigen und überzeugen.
Йому доведеться його заспокоїти та переконати.
Davon hing die Zukunft von Gregor und seiner Familie ab!
Майбутнє Грегора та його родини залежало від цього!
Wenn doch nur die kluge Schwester da gewesen wäre, um zu helfen.
Якби ж тільки розумна сестра була тут, щоб допомогти.
Sie hatte schon geweint, als Gregor noch in seinem Zimmer war.
Вона вже плакала, коли Грегор ще був у своїй кімнаті.
Zu diesem Zeitpunkt lag er einfach nur ruhig auf dem Rücken.
У той момент він просто спокійно лежав на спині.
Sie wusste damals schon um die Bedeutung der Situation.
Вона вже тоді усвідомлювала важливість ситуації.
Der Manager hatte bekanntermaßen eine Schwäche für Frauen.
Менеджер мав добре відому слабкість до жінок.
Sie hätte ihn leicht dazu überreden können, länger zu bleiben.
Вона могла б легко вмовити його залишитися довше.
Sie hätte die Tür geschlossen und ihn wieder hineingeführt.
Вона б зачинила двері та провела його назад.
Doch leider war die Schwester bereits aufgebrochen, um einen Arzt zu holen.
Але, на жаль, сестра пішла за лікарем.
Deshalb blieb Gregor nichts anderes übrig, als es selbst zu tun.
Тож у Грегора не було іншого вибору, окрім як зробити це самому.
Er hatte nicht bedacht, welche Fähigkeiten er tatsächlich besaß.
Він не замислювався над тим, які його здібності насправді.

Und er hatte vergessen, seiner Fähigkeit zu sprechen zu misstrauen.

І він забув не довіряти своїй здатності говорити.

Dennoch verließ er die Sicherheit seines Zimmers.

Але все ж таки він покинув безпечну кімнату.

Und er drängte sich durch die Öffnung des Zimmers.

І він проштовхнувся крізь отвір кімнати.

Der Manager war bereits auf dem Weg die Treppe hinunter.

Менеджер вже спускався сходами.

Aber er hielt sich mit beiden Händen am Geländer fest.

Але він тримався за перила обома руками.

Gregor stürzte, als er sich durch die Tür schob.

Грегор упав, проштовхуючись крізь двері.

Er stieß einen kleinen Schrei aus, als er nach Halt griff.

Він тихо скрикнув, схопившись за щось, щоб підтриматися.

Doch anstatt in Panik zu geraten, verspürte er ein körperliches Wohlbefinden.

Але замість паніки він відчував фізичне благополуччя.

Zum ersten Mal an diesem Morgen fühlte sich etwas richtig an.

Вперше того ранку щось здавалося правильним.

Alle seine Beine standen nun auf festem Boden.

Тепер під усіма його ногами була тверда земля.

Er war überrascht, wie gut er seine Beine kontrollieren konnte.

Він був здивований, як добре він міг контролювати свої ноги.

Er freute sich, festzustellen, dass seine Beine ihm vollkommen gehorchten.

Він був радий помітити, що його ноги повністю йому слухаються.

Tatsächlich trugen ihn seine Beine überall hin, wo er hinwollte.

Насправді, ноги несли його, куди він хотів.

Bald würden all seine Sorgen ein Ende finden.

Невдовзі всім його печалям мав настати кінець.

Doch im selben Augenblick sprang seine eigene Mutter auf.

Але тієї ж миті підскочила його власна мати.

Ihre Arme waren ausgestreckt und ihre Finger gespreizt.

Її руки були витягнуті, а пальці розчепірені.

Und sie schrie: „Hilfe, um Gottes willen, helft mir!"

І вона закричала: «Допоможіть, заради Бога, хтось допоможіть!»

Sie neigte den Kopf; sie wollte Gregor besser sehen.

Вона нахилила голову; вона хотіла краще роздивитися Грегора.

Doch im Gegensatz zu ihrer ersten Handlung rannte sie zurück.

Але, скасовуючи першу дію, вона побігла назад.

Sie hatte vergessen, dass der Tisch hinter ihr gedeckt war.

Вона забула, що стіл позаду неї накритий.

Alle Speisen fürs Frühstück standen noch auf dem Tisch.

Все, що було потрібно на сніданок, все ще було на столі.

Sie setzte sich hastig auf den Tisch, als sei sie abgelenkt.

Вона поспішно сіла за стіл, ніби розсіяна.

Und sie schien den verschütteten Kaffee nicht zu bemerken.

І вона, здається, не помітила розлитої кави.

Der Kaffee, der inzwischen in den Teppich eingezogen war.

Кава, яка тепер вбиралася в килим.

„Mutter, Mutter", sagte Gregor leise und blickte zu ihr auf.

«Мамо, мамо», — тихо сказав Грегор, дивлячись на неї.

Im Moment war ihm der Manager nicht wichtig.

Наразі менеджер не був для нього важливим.

Aber da war auch noch der Kaffee, der auf den Teppich tropfte.

Але також там була кава, що капала на килим.

Gregor konnte nicht widerstehen und schnappte nach dem Kaffee.

Грегор не втримався і клацнув щелепами кавою.

Die Mutter fing wegen seines Verhaltens wieder an zu weinen.

Мати знову почала плакати через його поведінку.

Sie sprang vom Tisch, um Abstand von ihm zu gewinnen.

Вона зіскочила зі столу, щоб віддалитися від нього.

Und sie rannte in die Arme ihres Vaters, um Schutz zu suchen.

І вона побігла в обійми батька, щоб сховатися.

Doch Gregor hatte jetzt keine Zeit mehr für seine Eltern.

Але у Грегора тепер не було вільного часу для батьків.

Der zuständige Beamte befand sich bereits auf der Treppe.

Уповноважений офіцер вже був на сходах.

Er hatte sein Kinn auf dem Geländer, um ins Haus zu schauen.

Він сперся підборіддям на перила, щоб зазирнути в будинок.

Offenbar wollte er sich das Spektakel noch ein letztes Mal ansehen.

Мабуть, він хотів востаннє поглянути на це видовище.

Und Gregor unternahm einen letzten Versuch, den Manager zu erreichen.

І Грегор зробив останню спробу додзвонитися до менеджера.

Er rannte so sicher wie möglich zur Tür.

Він побіг до дверей якомога безпечніше.

Aber der Hauptsekretär muss etwas geahnt haben.

Але головний клерк, мабуть, щось запідозрив.

Denn er sprang mehrere Stufen hinunter und verschwand.

Бо він стрибнув униз з кількох сходинок і зник.

"Huh!", rief Gregor, und sein Ruf hallte durch das Treppenhaus.

«Га!» — крикнув Грегор, луною відлунюючи сходами.

Die Flucht des Managers schien auch seinen Vater zu verwirren.

Втеча менеджера, здавалося, також збентежила його батька.

Bis dahin war es ihm gelungen, recht gefasst zu bleiben.

До того часу йому вдавалося залишатися досить спокійним.

Doch leider verlor auch er die Fassung, die er zuvor besessen hatte.

Але, на жаль, він також втратив колишню самовладання.

Er hätte Gregor bei seinem Vorhaben helfen sollen.

Що він мав зробити, це допомогти Грегору в його переслідуванні.

Doch er packte den Gehstock des Managers mit einer Hand.

Але він схопив в одну руку тростину менеджера.

In seiner anderen Hand hielt er nun eine Zeitung.

А в іншій руці він тепер тримав газету.

Und nun behinderte er Gregor direkt bei seinem Vorhaben.

І тепер він прямо завадив Грегору в його переслідуванні.

Er hatte sich zwischen Gregor und die Straße gestellt.

Він став між Грегором і вулицею.

Er stampfte mit den Füßen auf und fuchtelte mit dem Stock und der Zeitung herum.

Він тупнув ногами та помахав палицею й газетою.

Und er zwang Gregor aktiv zurück in sein Zimmer.

І він активно силоміць заштовхував Грегора назад до своєї кімнати.

Keine der Bitten, die Gregor äußerte, half.

Жодне з прохань, які намагався зробити Грегор, не допомогло.

Weil keines seiner Anliegen verstanden wurde.

Бо жодне з його прохань не було зрозумілим.

Er wandte den Kopf in eine tiefere, demütigere Haltung.

Він повернув голову глибше, скромніше.

Doch sein Vater antwortete, indem er noch heftiger mit den Füßen aufstampfte.

Але його батько відповів, ще сильніше тупнувши ногами.

Die Mutter öffnete trotz des kühlen Wetters ein Fenster.

Мати відчинила вікно, незважаючи на прохолодну погоду.

Und sie presste ihr Gesicht in die Hände vor Kälte.

І вона затулила обличчя долонями від холоду.

Der Wind konnte nun durch die gesamte Wohnung strömen.

Вітер тепер міг проходити крізь усю квартиру.

Ein starker Luftzug wehte vom Treppenhaus in die Gasse.

Зі сходів до провулка дув сильний протяг.

Die Vorhänge wurden vom starken Wind hin und her bewegt.

Штори майоріли від сильного вітру.

Und die Zeitung auf dem Tisch raschelte im Wind.

А газета на столі шелестіла на вітрі.

Sogar einige Blätter wurden von draußen ins Haus geweht.

Навіть деяке листя занесло в будинок ззовні.

Der Vater stampfte mit den Füßen und schob unerbittlich.

Батько тупотів ногами та невпинно штовхався.

Und er zischte und gab Geräusche von sich, wie es ein Wilder tun würde.

І він шипів та видавав звуки, як це робив дикун.

Gregor hatte das Rückwärtsgehen aber noch nicht geübt.

Але Грегор ще не навчився ходити задом наперед.

Selbst Gregor würde zugeben, dass diese Bewegung wesentlich langsamer vonstatten ging.

Навіть Грегор визнав би, що цей рух був набагато повільнішим.

Doch alles, was er wollte, war die Gelegenheit, umzukehren.

Однак усе, чого він хотів, це можливість розвернутися.

Dann wäre er sofort in sein Zimmer gegangen.

Тоді він би одразу пішов до своєї кімнати.

Aber er hatte zu große Angst, seinen Vater ungeduldig zu machen.

Але він надто боявся розлютити батька.

Und es bestand die Drohung mit einem Schlag mit dem Stock.

І існувала загроза удару палицею.

Ein solcher Schlag auf den Hinterkopf könnte tödlich sein.

Такий удар по потилиці може бути смертельним.

Am Ende blieb Gregor jedoch keine andere Wahl.

Але зрештою у Грегора не залишилося іншого вибору.

Ihm wurde klar, dass er nicht einmal mehr geradeaus rückwärts gehen konnte.

Він зрозумів, що навіть не може ходити прямо задом наперед.

Er begann sich so schnell wie möglich umzudrehen.

Він почав обертатися так швидко, як тільки міг.

Doch in Wirklichkeit war diese Drehbewegung genauso langsam.

Але насправді цей поворотний рух був таким же повільним.

Und ihm folgten die besorgten Blicke des Vaters.

І за ним стежили тривожні погляди батька.

Vielleicht bemerkte der Vater Gregors gute Absichten.

Можливо, батько помітив добрі наміри Грегора.

Weil er ihn nicht daran hinderte, sich umzudrehen.

Бо він не заважав йому розвернутися.

Er benutzte sogar die Spitze seines Stocks, um die Drehung zu steuern.

Він навіть використовував кінчик своєї палиці, щоб керувати обертанням.

Gregor wünschte sich aber dennoch, sein Vater hätte ihn nicht angefaucht!

Але Грегор все ж таки шкодував, що батько на нього зашипів!

Das Zischen trug nur noch zur Verwirrung des Augenblicks bei.

Шипіння лише посилило сум'яття моменту.

Und dann unterlief ihm ein Fehler, und er bog in die falsche Richtung ab.

А потім він помилився і повернув не в той бік.

Am Ende gelang es ihm schließlich doch, den richtigen Weg einzuschlagen.

Зрештою, йому таки вдалося повернутися у правильний бік.

Und er war zufrieden mit den Fortschritten, die er gemacht hatte.

І він був задоволений досягнутим прогресом.

Doch dann trat das nächste Problem noch deutlicher zutage.

Але потім наступна проблема стала ще більш очевидною.

Sein Körper war zu breit, um problemlos durch die Tür zu passen.

Його тіло було занадто широким, щоб легко пролізти крізь двері.

In seinem jetzigen Zustand bemerkte der Vater dies nicht.

У своєму нинішньому стані батько цього не помітив.

Deshalb kam es ihm nicht in den Sinn, die Tür weiter zu öffnen.

Тож йому не спало на думку відчинити двері далі.

Dann wäre genügend Platz für Gregor gewesen.

Тоді для Грегора було б достатньо місця.

Seine einzige Priorität war es, Gregor in sein Zimmer zu bringen.

Його єдиним пріоритетом було завести Грегора до своєї кімнати.

Er hätte aufstehen müssen, um durch die Tür zu passen.

Йому довелося б встати, щоб пролізти крізь двері.

Der Vater hätte ein solches Manöver jedoch nicht zugelassen.

Але батько не дозволив би такого маневру.

Tatsächlich fauchte er ihn noch heftiger an als zuvor.

Насправді він шипів на нього ще шаленіше, ніж раніше.

Es klang nach mehr als nur einem Mann, der ihn anzischt.

Це звучало так, ніби на нього шипів не просто один чоловік.

Seine Forderungen schienen nun an Dringlichkeit gewonnen zu haben.

Здавалося, що його вимоги мали нову невідкладність.

Für Spielereien war jetzt wirklich keine Zeit mehr.

Тепер справді більше не було часу балуватися.

Was auch immer geschah, Gregor musste durch die Tür gelangen.

Що б не сталося, Грегор мусив пройти крізь двері.

Er kämpfte sich ohne jegliche Rücksicht auf sich selbst durch.

Він протиснувся крізь це без жодної самоповаги.

Durch die Bewegung wurde eine Seite seines Körpers nach oben gedrückt.

Один бік його тіла піднявся вгору через рух.

Und er lag unbeholfen und schief zwischen den Türrahmen.

I він лежав незграбно та криво між дверима.

Eine seiner Flanken war am Holz wundgescheuert.

Один з його боків був стертий об дерево.

Und er hatte hässliche Flecken auf der weiß gestrichenen Tür hinterlassen.

I він залишив жахливі плями на білих пофарбованих дверях.

Auf einer Seite seines Körpers hingen die Beine zitternd in der Luft.

Ноги з одного боку його тремтячими ногами звисали в повітрі.

Seine anderen Beine drückten schmerzhaft gegen den Boden.

Інші його ноги були боляче притиснуті до підлоги.

Bald würde er vollständig zwischen den Türen eingeklemmt sein.

Невдовзі він остаточно застрягне між дверима.

Und dann hätte er sich überhaupt nicht mehr bewegen können.

I тоді він би взагалі не зміг рухатися.

Doch der Vater gab ihm einen wahrhaft befreienden, starken Anstoß.

Але батько дав йому справді визвольний сильний поштовх.

Und er stürzte, stark blutend, tief in sein Zimmer hinein.

I він упав, сильно стікаючи кров'ю, далеко у свою кімнату.

Der Vater knallte die Tür hinter sich mit seinem Stock zu.

Батько грюкнув за собою дверима палицею.

Und dann kehrte endlich wieder Ruhe ein.

I ось нарешті знову запанували мир і тиша.

Частина друга

Gregor wachte erst viel später am Tag auf.

Грегор прокинувся лише значно пізніше того ж дня.

Die Dämmerung war hereingebrochen; er hatte tief und fest geschlafen.

Вже сутінки опустилися; він спав міцно та непритомно.

Er wäre auch ohne Störung aufgewacht.

Він би прокинувся навіть без турботи.

Denn er fühlte sich ausreichend ausgeruht und gut geschlafen.

Бо він справді почувався достатньо відпочившим і добре виспавшися.

Aber er glaubte, draußen flüchtige Schritte zu hören.

Але йому здалося, що він почув якісь швидкоплинні кроки зовні.

Und vielleicht hat jemand die Haustür sorgfältig geschlossen.

І хтось міг обережно зачинити вхідні двері.

Das Licht der elektrischen Straßenbahn lag blass an der Decke.

Світло електричного трамвая блідо лежало на стелі.

Auch die Oberseite der Möbel wurde ein wenig beleuchtet.

Верхня частина меблів також отримала трохи світла.

Doch unten am Boden, auf Gregors Höhe, war es dunkel.

Але внизу, на рівні Грегора, було темно.

Seine Beine schoben ihn langsam wieder in Richtung Tür.

Його ноги повільно знову штовхали його до дверей.

Er war sehr neugierig, zu sehen, was dort geschehen war.

Йому було дуже цікаво побачити, що там сталося.

Seine Kontrolle über seine Fühler war jedoch noch nicht entwickelt.

Але його контроль над своїми щупальцями ще не був розвинений.

Obwohl er diese neuen Sensoren allmählich zu schätzen begann.

Хоча він почав цінувати ці нові датчики.

Eine lange, unansehnliche Narbe schien seine linke Seite hinunterzulaufen.

Здавалося, що вздовж його лівого боку тягнувся довгий неприємний шрам.

Die Narbe fühlte sich an, als würde sie diese Seite seines Körpers einengen.

Шрам ніби стягував цю сторону його тіла.

Und so musste er buchstäblich auf seinen zwei Beinreihen humpeln.

І тому йому довелося буквально шкутильгати на двох рядах ніг.

Eines seiner Beine war an diesem Morgen schwer verletzt worden.

Того ранку в нього була серйозно травмована одна нога.

Es war wirklich ein Wunder, dass er sich nicht noch mehr Beine gebrochen hatte.

Справді, це було диво, що він не зламав більше ніг.

Und so schleppte er sein verletztes Bein leblos hinter sich her.

І так він безжиттєво тягнув за собою поранену ногу.

Als er die Tür erreichte, erkannte er etwas Tiefgreifendes.

Коли він підійшов до дверей, то зрозумів щось глибоке.

Es war der Geruch von etwas, der ihn dorthin gelockt hatte.

Це був запах чогось, що його туди вабило.

In Gregors Zimmer war etwas Essbares für ihn hinterlassen worden.

Для Грегора в його кімнаті залишили щось їстівне.

Stückchen Weißbrot schwimmen in einer Schüssel mit süßer Milch.

Шматочки білого хліба плавають у мисці із солодким молоком.

Er konnte seine innere Freude kaum verbergen.

Він ледве міг стримати радість, що вирувала всередині нього.

Er war jetzt noch hungriger als am Morgen.

Він був ще голодніший, ніж вранці.

Er tauchte sofort seinen Kopf in die Schüssel mit Milch.

Він одразу ж занурив голову в миску з молоком.

Die Milch quoll ihm fast über den ganzen Kopf, bis zu den Augen.

Молоко вилилося майже на всю його голову, аж до очей.

Doch schon bald riss er den Kopf zurück, bitter enttäuscht.

Але він невдовзі відкинув голову назад, гірко розчарований.

Das Essen war aufgrund seiner empfindlichen linken Seite schwierig.

Їсти було важко через його делікатний лівий бік.

Und er konnte nur essen, indem er mit dem ganzen Körper keuchte.

І він міг їсти, лише задихаючись усім тілом.

Das war jedoch nicht der wahre Grund für seine Enttäuschung.

Але це було не справжньою причиною його розчарування.

Milch war schon immer eines seiner Lieblingsgerichte gewesen.

Молоко завжди було однією з його улюблених страв.

Er hatte keinen Zweifel daran, dass seine Schwester sich daran erinnerte.

Він не сумнівався, що його сестра це пам'ятала.

Und das war der Grund, warum sie ihm Milch gegeben hatte.

І саме тому вона дала йому молока.

Er konnte nicht erklären, warum er Milch jetzt nicht mehr mochte.

Він не міг пояснити, чому йому тепер не подобається молоко.

Und er wandte sich fast widerwillig von der Schüssel ab.

І він майже з неохотою відвернувся від миски.

Enttäuscht kroch er zurück in die Mitte des Raumes.

Розчарований, він поповз назад на середину кімнати.

Hier konnte er durch den Türspalt hindurchsehen.

Тут він зміг бачити крізь щілину у дверях.

Er konnte sehen, dass im Wohnzimmer das Feuer brannte.

Він бачив, що камін у вітальні горів.

Gewöhnlich las der Vater um diese Zeit die Zeitung.

Зазвичай у цей час батько читав газету.

Er las seiner Mutter immer mit erhobener Stimme vor.

Він завжди читав матері підвищеним голосом.

Manchmal lauschte auch die Schwester dem Vater.

Іноді сестра також підслуховувала батька.

Sie hatte Gregor immer von diesem Vorlesen erzählt.

Вона завжди розповідала Грегору про це читання вголос.

Doch heute war aus dem Zimmer kein Laut zu hören.

Але сьогодні з кімнати не доносилося жодного звуку.

Vielleicht war diese Gewohnheit bereits in Vergessenheit geraten.

Можливо, ця звичка вже вийшла з практики.

Eine tiefe Stille hatte sich über die gesamte Wohnung gelegt.

Глибока тиша запанувала над усією квартирою.

Obwohl er wusste, dass die Wohnung ganz sicher nicht leer war.

Хоча він знав, що квартира точно не порожня.

„Was für ein ruhiges Leben die Familie doch führte“, dachte Gregor.

«Яке ж тихе життя веде ця родина», — подумав Грегор.

Und er blickte mit großem Stolz in die Dunkelheit.

І він з великою гордістю дивився в темряву.

Er war stolz auf das Leben, das er ihnen hatte ermöglichen können.

Він пишався життям, яке зміг їм подарувати.

Er war stolz auf die schöne Wohnung, in der sie lebten.

Він пишався гарною квартирою, в якій вони жили.

Doch sollte dieser Frieden nun ein schreckliches Ende nehmen?

Але чи мав увесь цей мир настати жахливий кінець?

Würde man ihnen ihren Wohlstand nehmen?

Чи їхнє процвітання буде забрано у них?

War ihre Zufriedenheit nun in Zukunft ungewiss?

Чи було їхнє задоволення тепер невизначеним у майбутньому?

Doch er wollte sich nicht in solchen Gedanken verlieren.

Але він не хотів поринати в такі думки.

Um sich die Zeit zu vertreiben, kroch er die Wände rauf und runter.

Щоб чимось зайнятися, він повзав по стінах.

Im Laufe des langen Abends wurde eine Tür einen Spalt breit geöffnet.

Протягом довгого вечора одні двері були трохи прочинені.

Und zu einem anderen Zeitpunkt öffnete sich die andere Tür einen Spaltbreit.

А іншим разом інші двері трохи відчинилися.

Doch beide Male wurden die Türen schnell wieder geschlossen.

Але обидва рази двері швидко зачинялися.

Offenbar hatte jemand draußen den Wunsch, hereinzukommen.

Очевидно, хтось ззовні мав бажання зайти всередину.

Aber sie hatten auch zu viele Bedenken, hereinzukommen.

Але у них також було забагато побоювань щодо приходу.

Gregor blieb nun direkt vor der Wohnzimmertür stehen.

Грегор зупинився прямо біля дверей вітальні.

Er war fest entschlossen, den zögernden Besucher irgendwie zu verführen.

Він був сповнений рішучості якось спокусити вагаючогося гостя.

Und er wollte auch wissen, wer der Besucher gewesen war.

А також він хотів знати, хто був цей гість.

Doch an diesem Abend wurde die Tür kein drittes Mal geöffnet.

Але того вечора двері не відчинили втретє.

Und Gregor verbrachte seine Zeit vergeblich damit, an der Tür zu warten.

І Грегор даремно чекав біля дверей.

Früher am Tag wollten sie alle in den Raum kommen.

Раніше того ж дня вони всі хотіли зайти до кімнати.

Jetzt, da die Türen unverschlossen waren, würde es ihnen leichter fallen.

Тепер, коли двері були відчинені, їм було б легше.

Aber sie entschieden sich dafür, auf der anderen Seite des Raumes zu bleiben.

Але вони вирішили залишитися на іншому боці кімнати.

Gregor bemerkte, dass die Schlüssel nicht mehr in ihren Schlössern steckten.

Грегор помітив, що ключів більше немає в їхніх замках.

Jemand muss die Schlüssel zum Außenschloss umgesteckt haben.

Хтось, мабуть, переклав ключі до зовнішнього замка.

Erst spät in der Nacht wurde das Licht im Wohnzimmer ausgeschaltet.

Лише пізно вночі світло у вітальні вимкнули.

Die Familie muss die ganze Zeit wach geblieben sein.

Родина, мабуть, весь цей час не спала.

Und Gregor konnte deutlich hören, wie sie sich auf Zehenspitzen davonschlichen.

І Грегор чітко чув, як вони навшпиньки відходять.

Nun würde bis zum Morgen niemand zu Gregor kommen.

Тепер ніхто не збирався приходити до Грегора до ранку.

So hatte er lange Zeit für sich, um ungestört nachzudenken.

Тож у нього був довгий час для себе, щоб спокійно подумати.

Wie könnte man sein Leben jetzt am besten neu ordnen?

Як би найкраще було зараз реорганізувати його життя?

Doch die hohen Wände des leeren Zimmers ängstigten ihn.

Але високі стіни порожньої кімнати лякали його.

Ihm blieb keine andere Wahl, als sich flach auf den Boden zu legen.

Йому не залишалося нічого іншого, як лягти ниць на землю.

Und er fand in diesem Raum niemals die Ursache seiner Angst.

І він так і не знайшов причини свого страху в цьому просторі.

Es war dasselbe Zimmer, in dem er seit fünf Jahren lebte.

Це була та сама кімната, в якій він жив п'ять років.

Halb bewusst machte er eine Bewegung in Richtung Sofa.
Напівсвідомо він рушив до дивана.
Und ohne jede Scham versteckte er sich unter dem Sofa.
І без жодного сорому сховався під диваном.
Dort unten fühlte er sich sofort wieder sehr wohl.
Там, унизу, він одразу ж знову відчув себе дуже комфортно.
Obwohl sein Rücken etwas gequetscht war.
Незважаючи на те, що його спина була трохи притиснута.
Auch unter dem Sofa konnte er seinen Kopf nicht mehr heben.
Він також більше не міг підняти голову з-під дивана.
Aber selbst das zog er einem Aufenthalt im Freien vor.
Але навіть цьому він надавав перевагу, ніж будь-якій відкритій місцевості.
Er bedauerte jedoch, dass sein Körper so breit war.
Однак він шкодував, що його тіло було таким широким.
Das Sofa konnte seinen ganzen Körper nicht vollständig bedecken.
Диван не міг повністю прикрити все його тіло.
Er blieb die ganze Nacht unter dem Sofa.
Він пролежав під диваном усю ніч.
Die Nacht verbrachte er halb schlafend, geplagt von seinem Hunger.
Ніч він провів напівсонним, потурбований голодом.
Und die Zeit, die er wach war, verbrachte er entweder in Sorgen oder in Hoffnung.
А час, коли він не спав, він проводив або в хвилюванні, або сповнений надії.
Doch all seine vagen Hoffnungen führten zu demselben Schluss.
Але всі його невиразні сподівання вели до одного й того ж висновку.
Ihm blieb nichts anderes übrig, als vorerst zu schweigen.
Йому не залишалося нічого іншого, окрім як поки що мовчати.

Er musste der Familie gegenüber Geduld und Rücksichtnahme zeigen.

Йому довелося виявляти терпіння та турботу до родини.

Es war die einzige Möglichkeit, die Unannehmlichkeiten erträglich zu machen.

Це був єдиний спосіб зробити незручності стерпними.

Die Unannehmlichkeiten, die er nun der Familie auferlegte.

Незручності, які він тепер завдавав родині.

Er musste nicht lange warten, um sein Mitgefühl unter Beweis zu stellen.

Йому не довелося довго чекати, щоб довести своє співчуття.

Früh am Morgen schaute die Schwester in sein Zimmer.

Рано-вранці сестра зазирнула до його кімнати.

Obwohl es eigentlich genauso viel Nacht wie Morgen war.

Хоча насправді була така ж ніч, як і ранок.

Sie war vollständig angezogen und schien aufgeregt zu sein.

Вона була повністю одягнена і, здавалося, виявляла хвилювання.

Die Tragfähigkeit seiner neu getroffenen Entscheidung könnte sich bewähren.

Міцність його щойно прийнятого рішення могла бути перевірена.

Sie entdeckte ihn nicht sofort auf Anhieb.

Вона не одразу знайшла його з першого погляду.

Er musste irgendwo sein; weggeflogen konnte er nicht sein.

Він мав десь бути; він не міг полетіти.

Doch dann schweifte ihr Blick ein zweites Mal durch den Raum.

Але потім її погляд вдруге окинув кімнату.

Und dieses Mal entdeckte sie seinen Oberkörper unter dem Sofa.

І цього разу вона помітила його торс під диваном.

Sie war so verängstigt, dass sie jegliche Selbstbeherrschung verlor.

Вона так злякалася, що втратила будь-який самоконтроль.

Und ihre erste Reaktion war, die Tür wieder zuzuschlagen.

І її першою реакцією було знову зачинити двері.

Doch sie schien ihr Verhalten auch sofort zu bereuen.

Але вона також, здавалося, одразу ж пошкодувала про свою поведінку.

Kaum hatte sie die Tür zugeschlagen, öffnete sie sie auch schon wieder.

Щойно вона грюкнула дверима, то знову їх відчинила.

Und diesmal schlich sie sich leise auf Zehenspitzen in den Raum.

І цього разу вона обережно навшпиньки прокралася до кімнати.

Sie bewegte sich, als ob sie eine schwerkranke Person besuchen würde.

Вона рухалася так, ніби відвідувала тяжкохвору людину.

Oder sie könnte einen völlig Fremden besucht haben.

Або ж вона могла відвідати зовсім незнайому людину.

Gregor drückte seinen Kopf fast bis an den Rand des Sofas.

Грегор майже присунув голову до краю дивана.

Und von unterhalb des Tresors beobachtete er sie im Zimmer.

І з-під сейфа він спостерігав за нею в кімнаті.

Würde sie bemerken, dass er die Milch stehen gelassen hatte?

Чи помітить вона, що він залишив молоко?

Er hatte die Milch nicht etwa aus Mangel an Hunger stehen gelassen.

Він не полишав молоко через відсутність голоду.

Wollte sie ihm stattdessen anderes Essen bringen?

Чи збиралася вона принести йому натомість іншу їжу?

Vielleicht ein Gericht, das seinen Vorlieben besser entsprach.

Можливо, страва, яка більше відповідала його вподобанням.

Aber sie hätte seinen Appetit selbst bemerken müssen.

Але їй довелося б самій помітити його апетит.

Er wäre lieber verhungert, als sie davon erfahren zu lassen.

Він би волів померти з голоду, ніж дав їй про це знати.

Eigentlich hätte er es ihr sehr gerne gesagt.

Насправді він би дуже хотів їй розповісти.

Er war wirklich versucht, unter dem Sofa hervorzuschießen.

Йому дуже кортіло вистрілити з-під дивана.

Er wollte sich seiner Schwester zu Füßen werfen.

Йому хотілося кинутися до ніг сестри.

Und er wollte sie um etwas Leckeres zu essen bitten.

І він хотів попросити в неї чогось смачного поїсти.

Doch dann blickte die Schwester zu der Schüssel mit Milch.

Але потім сестра подивилася на миску з молоком.

Sie bemerkte sofort, dass die Schüssel noch voll war.

Вона одразу помітила, що миска все ще повна.

Sie war ziemlich überrascht, dass Gregor nichts gegessen hatte.

Вона була досить здивована, що Грегор нічого не їв.

Nur ein wenig Milch war auf den Boden verschüttet worden.

Лише трохи молока було розлито на підлогу.

Sie nahm sofort die Schüssel und trug sie hinaus.

Вона одразу ж взяла миску та винесла її.

Er sah, dass sie die Schüssel nicht mit bloßen Händen aufgehoben hatte.

Він бачив, що вона не підняла миску голими руками.

Stattdessen hob sie die Schüssel mit einem der Lappen hoch.

Натомість вона підняла миску однією з ганчірок.

Gregor vergaß dieses kleine Detail jedoch sehr schnell.

Але Грегор дуже швидко забув про цю незначну деталь.

Er war nun von etwas ganz anderem viel begeisterter.

Тепер його набагато більше хвилювало щось інше.

Was könnte sie als Ersatz für die Milch mitbringen?

Що вона може принести замість молока?

Er hatte verschiedene Vermutungen darüber, was sie wohl mitbringen könnte.

У нього були різні думки щодо того, що вона може принести.

Doch die Güte seiner Schwester übertraf seine Erwartungen.

Але доброта його сестри перевершила його очікування.

Ihr wurde klar, dass sie herausfinden musste, was seine neuen Vorlieben waren.

Вона зрозуміла, що має перевірити його нові смаки.

Deshalb brachte sie eine ganze Auswahl an verschiedenen Speisen mit.

Тож вона принесла цілий асортимент різноманітної їжі.

Halbverfaultes Gemüse, Knochen vom Abendessen.

Напівгнилі овочі, кістки від вечері.

Die eingedickte Soße von der anderen Mahlzeit, die sie gegessen hatten.

Затверділий соус з попередньої страви, яку вони їли.

Ein paar Rosinen, einige Mandeln, trockenes Brot, Butterbrot.

Кілька родзинок, трохи мигдалю, сухий хліб, хліб з маслом.

Etwas Brot, das mit Butter bestrichen und gesalzen war.

Трохи хліба, намащеного маслом і також посоленого.

Käse, den Gregor vor zwei Tagen noch für ungenießbar erklärt hatte.

Сир, який Грегор два дні тому оголосив неїстівним.

Die gesamte Auswahl an Speisen wurde auf einer Zeitung ausgelegt.

Уся ця добірка страв була розміщена на газеті.

Und sie stellte auch eine Schüssel mit Wasser neben seine Mahlzeiten.

І вона також поставила миску з водою поруч із його їжею.

Sie wusste, dass Gregor nicht vor ihr gegessen hätte.

Вона знала, що Грегор не їв би перед нею.

Aus Respekt vor ihm verließ sie deshalb wieder den Raum.

Тож з поваги до нього вона знову вийшла з кімнати.

Und sie hat beim Weggehen sogar den Schlüssel im Schloss umgedreht.

І вона навіть повернула ключ у замку, коли йшла.

Aber sie drehte den Schlüssel ganz leise und vorsichtig um.

Але вона повернула ключ дуже тихо та обережно.

Auf diese Weise würde nur Gregor wissen, dass die Tür verschlossen war.

Таким чином, тільки Грегор знав би, що двері замкнені.

Nun konnte er es sich so bequem machen, wie er wollte.

Тепер він міг влаштуватися як завгодно зручніше.

Gregors Beine surrten, als es Zeit zum Essen war.

Коли настав час їсти, у Грегора підкосилися ноги.

Bemerkenswert ist, dass er keinerlei Beschwerden mehr verspürte.

Варто зазначити, що він більше не відчував жодного дискомфорту.

Seine Wunden müssen bereits vollständig verheilt sein.

Його рани, мабуть, вже повністю загоїлися.

Weil er seine früheren Behinderungen nicht mehr spürte.

Бо він більше не відчував своїх колишніх вад.

Seine neue Fähigkeit zu heilen überraschte und verblüffte ihn.

Його нова здатність зцілювати здивувала та вразила його.

Vor mehr als einem Monat schnitt er sich mit einem Messer in den Finger.

Більше місяця тому він порізав палець ножем.

Bis vor zwei Tagen schmerzte ihn diese Wunde noch.

Ще два дні тому ця рана все ще боліла в нього.

„Bin ich jetzt viel weniger empfindlich?“, dachte er bei sich.

«Чи я тепер набагато менш чутливий?» — подумав він про себе.

Inzwischen lutschte er gierig an dem Käse.

Він уже жадібно смоктав сир.

Er fühlte sich vom Käse mehr angezogen als von den anderen Speisen.

Його більше тягнуло до сиру, ніж до іншої їжі.

Er aß schnell ein Stück Käse nach dem anderen.

Він швидко з'їв один шматочок сиру за іншим.

Beim Genuss des Geschmacks traten ihm vor Zufriedenheit die Tränen in die Augen.

Його очі сльозилися від задоволення від смаку.

Nach dem Käse aß er das Gemüse und die Soße.

Після сиру він з'їв овочі та соус.

Das frische Essen schmeckte ihm jedoch nicht.

Однак свіжа їжа здалася йому несмачною.

Tatsächlich konnte er nicht einmal den Geruch von frischen Lebensmitteln ertragen.

Насправді, він навіть не міг терпіти запаху свіжої їжі.

Er hat sogar die anderen Lebensmittel von den frischen Lebensmitteln weggezerrt.

Він навіть відтягнув іншу їжу подалі від свіжої.

Und im Nu hatte er auch noch das Essbare aufgegessen.

І дуже швидко він з'їв найїстівнішу їжу.

Das ganze leckere Essen hatte eine schläfrig machende Wirkung auf ihn.

Вся смачна їжа мала на нього снодійний ефект.

Und er lag träge an der Stelle, wo er gegessen hatte.

І він ліниво лежав на тому місці, де їв.

Schließlich kam seine Schwester zurück, um noch einmal nach ihm zu sehen.

Зрештою, його сестра повернулася, щоб знову перевірити його.

Sie hatte die Weitsicht, den Schlüssel ganz langsam umzudrehen.

У неї вистачило передбачливості повернути ключ дуже повільно.

Dies war für Gregor ein Warnsignal, sich zurückzuziehen.

Це попередило Грегора, що йому слід відступити.

Benommen und erschrocken huschte er zurück unter das Sofa.

Приголомшений і зляканий, він поспішив назад під диван.

Doch diesmal war es nicht so einfach, unter dem Sofa zu bleiben.

Але цього разу залишитися під диваном було не так просто.

Sein Körper war durch das viele Essen etwas runder geworden.

Його тіло трохи округлилося від усієї їжі.

Und er musste sich beherrschen, nicht wieder auszulaufen.

І йому довелося взяти себе в руки, щоб знову не вибігти.

Auch wenn die Schwester nicht lange im Zimmer blieb.

Хоча сестра недовго затрималася в кімнаті.

In dem engen Raum rang er nach Luft.

Йому було важко дихати у цьому вузькому просторі.

Doch er überwand die kurzen Anfälle von Atemnot.

Але він продирався крізь невеликі напади задухи.

Mit aufgerissenen Augen beobachtete er die Aktivitäten der Schwester.

Витріщивши очі, він спостерігав за діями сестри.

Die ahnungslose Schwester schüttete alles in einen Eimer.

Нічого не підозрююча сестра висипала все у відро.

Sie entsorgte nicht nur das Essen, das Gregor nicht gegessen hatte.

Вона не лише позбулася їжі, яку Грегор не з'їв.

Aber sie entsorgte auch das Essen, das er nicht angerührt hatte.

Але вона також утилізувала їжу, до якої він не торкався.

Offenbar war dieses Essen nun für niemanden mehr genießbar.

Очевидно, ця їжа тепер була неїстівною для всіх.

Anschließend verschloss sie den Futtereimer mit einem Holzdeckel.

Потім вона закрила відро з їжею дерев'яною кришкою.

Und mit dem Essen, dem Eimer und dem Wischmopp ging sie.

І з їжею, відром та шваброю вона пішла.

Gregor hätte nicht mehr lange warten können.

Грегор не зміг би довше чекати.

Sobald sie weg war, entkam er unter dem Sofa hervor.

Щойно вона пішла, він утік з-під дивана.

Und er streckte sich aus und atmete erleichtert auf.

І він потягнувся й зітхнув з полегшенням.

So erhielt Gregor von nun an regelmäßig seine Nahrung.

Ось так Грегор час від часу отримував їжу.

Seine Schwester gab ihm einmal früh am Morgen etwas zu essen.

Його сестра дала йому їсти одного разу рано-вранці.

Zu dieser Stunde schliefen die Eltern und das Dienstmädchen noch.

О цій годині батьки та служниця ще спали.

Und er erhielt eine zweite Mahlzeit, nachdem alle anderen bereits zu Mittag gegessen hatten.

А другу страву він отримав після того, як усі пообідали.

Denn zu dieser Zeit schliefen die Eltern auch eine Weile.

Бо в той час батьки також трохи поспали.

Und das Dienstmädchen wurde von der Schwester mit einer Besorgung weggeschickt.

А служницю сестра відправила з якимось дорученням.

Sie hatten ganz sicher nicht die Absicht, Gregor verhungern zu lassen.

Вони точно не мали наміру морити Грегора голодом.

Aber sie hätten ihm auch nicht beim Essen zusehen wollen.

Але вони б також не хотіли дивитися, як він їсть.

Die Angaben der Schwester reichten als Information aus.

Те, що згадала сестра, було достатньою інформацією.

Vielleicht war es ihre Art, den Eltern den Kummer zu ersparen.

Можливо, це був її спосіб позбавити батьків горя.

Sie hatten unter seinen Taten schon genug gelitten.

Вони вже достатньо постраждали від його дій.

Der erste Tag verblasste langsam zu einer fernen Erinnerung.

Перший день поступово ставав далеким спогадом.

Gregor hatte keine Möglichkeit zu erfahren, was an diesem Tag geschah.

Грегор не мав жодного способу дізнатися, що сталося того дня.

Wie wurde der Schlüsseldienstmitarbeiter aus der Wohnung geleitet?

Як слюсаря вивели з квартири?

Mit welchen Ausreden war der Arzt schließlich zufrieden?

Якими виправданнями лікар зрештою задовольнився?

Er hatte keinen Weg gefunden, sich verständlich zu machen.

Він не знайшов жодного способу висловитися зрозуміло.

Es gelang ihm nicht einmal, mit seiner Schwester zu kommunizieren.

Йому навіть не вдалося поспілкуватися зі своєю сестрою.

Und so dachten sie, er könne sie nicht verstehen.

І тому вони думали, що він не може їх зрозуміти.

Und deshalb wurde auch kein Versuch unternommen, mit ihm zu sprechen.

І тому не було зроблено жодної спроби поговорити з ним.

Seine Schwester kam jeden Morgen und jeden Mittag in sein Zimmer.

Його сестра приходила до його кімнати щоранку та на обід.

Doch er musste sich damit begnügen, ihre Seufzer zu hören.

Але йому довелося задовольнитися тим, що він чув її зітхання.

Später gewöhnte sie sich dann doch etwas mehr an Gregors Gestalt.

Пізніше вона таки трохи більше звикла до фігури Грегора.

Und sie fühlte sich etwas freier, weitere Bemerkungen zu machen.

І вона відчула трохи більше свободи, щоб робити більше зауважень.

(Obwohl sie sich nie ganz an ihn gewöhnen würde.)

(Хоча вона ніколи б до нього повністю не звикнула.)

Und dann fühlte sich Gregor wieder etwas mehr angesprochen.

А потім Грегор знову відчув, що до нього звертаються трохи більше.

Und er nahm wahr, was er als freundliche Kommentare empfand.

І він почув те, що сприйняв як дружні зауваження.

„Ihm hat das Essen heute geschmeckt" oder „Er hat alles aufgegessen".

«Йому сьогодні сподобалася їжа» або «він з'їв усе».

Das war aber erst der Fall, nachdem er sein gesamtes Essen aufgegessen hatte.

Але це було лише тоді, коли він з'їв усю свою їжу.

Doch in letzter Zeit kam dies immer seltener vor.

Але останнім часом це траплялося дедалі рідше.

„Er hat sein Essen kaum angerührt", sagte sie jetzt immer öfter.

«Він майже не торкався своєї їжі», – казала вона тепер частіше.

Und jedes Mal schwang ein Hauch von Traurigkeit in ihrer Stimme mit.

І щоразу в її голосі чувся відтінок смутку.

Gregor konnte keine anderen Nachrichten direkter empfangen.

Грегор не міг почути жодних інших новин безпосередньо.

Aber er hörte viele Neuigkeiten aus den angrenzenden Zimmern mit.

Але він підслухав багато новин із сусідніх кімнат.

Als er Stimmen hörte, rannte er zur entsprechenden Tür.

Почувши голоси, він побіг до відповідних дверей.

Und er presste seinen ganzen Körper gegen die Tür, um zu hören.

І він усім тілом притиснувся до дверей, щоб почути.

Alle Gespräche drehten sich in irgendeiner Weise um ihn.

Усі розмови так чи інакше стосувалися його.

Selbst wenn es scheinbar um etwas ganz anderes ging.

Навіть коли тема, здавалося б, була про щось інше.

Diese Beobachtung traf insbesondere in der Anfangszeit zu.

Це спостереження було особливо актуальним на початку.

Bei jeder Mahlzeit wiederholten sie die gleiche Diskussion.

Під час кожного прийому їжі вони повторювали ту саму розмову.

Sie waren sich noch immer unsicher, wie sie sich ihm gegenüber verhalten sollten.

Вони все ще не знали, як поводитися поруч з ним.

Das gleiche Thema wurde aber auch zwischen den Mahlzeiten besprochen.

Але цю ж тему обговорювали й між прийомами їжі.

Weil immer zwei Familienmitglieder zu Hause waren.

Бо вдома завжди було двоє членів сім'ї.

Niemand wollte allein im Haus bleiben.

Ніхто не хотів залишатися вдома сам.

Aber die Wohnung leer stehen zu lassen, kam auch nicht in Frage.

Але залишати квартиру порожньою також було неможливо.

Das Dienstmädchen war die Einzige, die nicht an die Wohnung gebunden war.

Покоївка була єдиною, хто не був прив'язаний до квартири.

Sie hatte bereits am ersten Tag darum gebeten, gehen zu dürfen.

Вона вже попросилася дозволу піти ще першого дня.

Sie kniete nieder und flehte darum, entlassen zu werden.

Вона стала на коліна і благала відпустити її.

Die Familie wusste nicht, wie viel das Dienstmädchen tatsächlich wusste.

Родина не знала, скільки насправді знала покоївка.

Zu diesem Zeitpunkt hatte sie nicht mehr gesehen als alle anderen.

На тому етапі вона бачила не більше, ніж будь-хто інший.

Was geschehen war, blieb der Familie weiterhin ein Rätsel.

Те, що сталося, досі залишалося загадкою для родини.

Doch eine Viertelstunde später verabschiedete sie sich.

Але через чверть години вона попрощалася.

Und sie dankte der Familie mit Tränen in den Augen.

І вона подякувала родині зі сльозами на очах.

Aber eigentlich dankte sie ihnen dafür, dass sie sie freigelassen hatten.

Але насправді вона подякувала їм за те, що вони її звільнили.

Sie schienen ihr größte Freundlichkeit entgegengebracht zu haben.

Здавалося, вони виявили до неї найбільшу доброту.

Sie leistete sogar einen Eid, ohne dazu aufgefordert worden zu sein.

Вона навіть склала присягу, хоча її про це й не просили.

Sie sagte, sie würde niemandem erzählen, was passiert war.

Вона сказала, що нікому не розповість про те, що сталося.

Nun musste die Schwester zusammen mit ihrer Mutter kochen.

Тепер сестрі довелося готувати разом з матір'ю.

Das war aber keine allzu große Unannehmlichkeit.

Але це насправді не було надто великою незручністю.

Weil die beiden sowieso fast nichts aßen.

Бо вони вдвох і так майже нічого не їли.

Immer und immer wieder hörte Gregor dasselbe Gespräch mit.

Знову й знову Грегор підслуховував ту саму розмову.

Einer der beiden sagte dem anderen, er müsse mehr essen.

Одна людина казав іншій, що їм потрібно більше їсти.

Diese Person erhielt jedoch keine Antwort von der betreffenden Person.

Але ця людина не отримала жодної відповіді від тієї людини.

„Danke, ich habe genug", oder etwas Ähnliches.

«Дякую, мені вистачить» або щось подібне.

Vielleicht tranken sie auch gar nichts mehr.

Можливо, вони теж більше нічого не пили.

Die Schwester fragte ihren Vater oft, ob er Bier wolle.

Сестра часто питала батька, чи хоче він пива.

Und sie bot freundlicherweise an, das Bier selbst zu holen.

І вона щиро запропонувала сама принести пиво.

Der Vater schwieg auf ihre Bitte hin stets.

Батько завжди мовчав на її прохання.

Die Schwester musste also einen Weg finden, jeden Zweifel auszuräumen.

Тож сестрі довелося знайти спосіб розвіяти будь-які сумніви.

Und sie sagte, sie würde das Dienstmädchen losschicken, um Bier zu holen.

І вона сказала, що відправить покоївку принести пива.

Doch dann sagte der Vater schließlich ein lautes, deutliches „Nein".

Але потім батько нарешті рішуче сказав: «Ні».

Das Thema, dass er ein Bier trank, wurde danach nicht mehr erwähnt.

Тоді тема про те, що він п'є пиво, більше не згадувалася.

Er hatte die finanzielle Situation bereits zuvor erläutert.

Він уже раніше пояснював фінансову ситуацію.

Tatsächlich sprach er schon am ersten Tag über Finanzen.

Власне, він згадав про фінанси ще першого дня.

Er machte ihnen die Aussichten deutlich.

Він добре пояснив їм перспективи.

Sein eigenes Unternehmen war vor etwa fünf Jahren zusammengebrochen.

Його власний бізнес забанкрутував приблизно п'ять років тому.

Hin und wieder stand er auf, um den Tisch zu verlassen.

Час від часу він вставав, щоб вийти з-за столу.

Und er ging zur Kasse seines alten Geschäfts.

І він підійшов до каси свого старого бізнесу.

Aus Sentimentalität hatte er die Kasse aufgehoben.

Він зберіг касовий апарат із сентиментальності.

Gregor hörte, wie er ein schweres und kompliziertes Schloss öffnete.

Грегор почув, як він відмикає важкий і складний замок.

Und er holte Quittungen und Bücher aus der Kasse.

І він вийняв з каси квитанції та книги.

Nachdem er die Gegenstände an sich genommen hatte, schloss er die Geldkassette wieder ab.

Забравши речі, він знову замкнув касову скриньку.

Gregor hatte seit seiner Gefangennahme keine guten Nachrichten mehr erhalten.

Грегор не чув жодних добрих новин з часу свого ув'язнення.

Er glaubte, das Geschäft habe seinen Vater in den Ruin getrieben.

Він вважав, що цей бізнес довів його батька до банкрутства.

Dieser Eindruck war Gregor vom Vater sicherlich vermittelt worden.

Батько справді справив на Грегора таке враження.

Und Gregor fragte ihn nie wieder nach den Finanzen.

І Грегор більше ніколи не питав його про фінанси.

Gregor wollte alles tun, was er konnte, um der Familie zu helfen.

Грегор хотів зробити все можливе, щоб допомогти родині.

Er wollte ihnen helfen, das geschäftliche Unglück zu vergessen.

Він хотів допомогти їм забути про невдачі в бізнесі.

Der Bankrott, der zur völligen Hoffnungslosigkeit führte.

Банкрутство, яке призвело до повної безнадійності.

So begann er mit einer ganz besonderen Leidenschaft zu arbeiten.

тож він почав працювати з особливою пристрастю.

Er war quasi über Nacht zum Handelsreisenden geworden.

Він майже за одну ніч став комівояжером.

Davor hatte er lediglich als schlecht bezahlter Angestellter gearbeitet.

До цього він просто працював низькооплачуваним клерком.

Nun boten sich ihm völlig andere Verdienstmöglichkeiten.

Тепер у нього були зовсім інші можливості заробітку.

Erfolgreiche Verkäufe konnten sofort in Bargeld umgewandelt werden.

Успішні продажі можна було негайно конвертувати в готівку.

Das Geld wird natürlich aus seinen Provisionen ausgezahlt.

Гроші, звичайно, виплачуються з його комісійних.

Nun konnte Gregor Geld auf den Familientisch bringen.

Тепер Грегор зміг заробляти гроші на сімейному столі.

Und sie waren erstaunt und erfreut über seinen Verdienst.

І вони були вражені та щасливі від його заробітку.

Aber diese schönen Zeiten werden sich nicht wiederholen.

Але ті прекрасні часи більше не повторяться.

Sie hatten sich gerade erst an diese schönen Zeiten gewöhnt.

Вони тільки-но звикли до цих гарних часів.

Jeden Zahltag nahm die Familie das Geld dankbar entgegen.

Щодня в день зарплати родина з вдячністю приймала гроші.

Und Gregor war ebenso gern bereit, das Geld herauszugeben.

І Грегор був так само радий передавати гроші.

Doch die im Gegenzug entgegengebrachte herzliche Zuneigung erlosch allmählich.

Але тепла прихильність, дарована у відповідь, поступово згасла.

Nur seine Schwester stand Gregor noch so nahe wie zuvor.

Тільки його сестра залишалася такою ж близькою до Грегора, як і раніше.

Im Gegensatz zu Gregor hatte sie eine tiefe Wertschätzung für Musik.

Вона, на відміну від Грегора, глибоко цінувала музику.

Und sie konnte sehr berührend Geige spielen.

І вона вміла дуже зворушливо грати на скрипці.

Gregor plante insgeheim, sie auf eine Musikschule zu schicken.

Грегор таємно планував віддати її до музичної школи.

Er hatte noch nicht entschieden, wie er die Kosten decken würde.

Він ще не вирішив, як оплачуватиме витрати.

Aber irgendwie würde er die Kosten decken.

Але якимось чином він покриє витрати.

Gelegentlich unternahmen Gregor und seine Familie Kurztrips.

Час від часу Грегор з родиною вирушали на короткі поїздки.

Gregor und seine Schwester sprachen oft über dieses Thema.

Грегор і сестра часто порушували цю тему.

Es wurde aber immer nur als eine wunderbare Idee erwähnt.

Але про це згадувалося лише як про чудову ідею.

Sie glaubten nicht wirklich, dass der Traum in Erfüllung gehen könnte.

Вони насправді не вірили, що мрія може здійснитися.

Und den Eltern gefielen solche fantasievollen Ambitionen nicht.

А батькам не подобалися такі химерні амбіції.

Selbst wenn das Thema ganz harmlos angesprochen wurde.

Навіть коли тему порушували дуже невинно.

Gregor dachte aber weiterhin an die Musikschule.

Але Грегор продовжував думати про музичну школу.

Und er hatte vor, das Geschenk am Heiligabend anzukündigen.

І він планував оголосити про подарунок напередодні Різдва.

In seinem jetzigen Zustand wäre das natürlich unmöglich.

Звичайно, в його нинішньому стані це було б неможливо.

Doch solche Gedanken gingen ihm durch den Kopf.

Але такі думки промайнули в його голові.

Und solche Gedanken kamen ihm, während er der Familie zuhörte.

І такі думки у нього виникали, коли він слухав родину.

Manchmal war er zu müde, um ihnen weiter zuzuhören.

Часом він надто втомлювався, щоб продовжувати їх слухати.

Vor Erschöpfung sank sein Kopf gegen die Tür.

Від втоми його голова впала на двері.

Doch er legte sofort wieder seinen Kopf gegen die Tür.

Але він одразу ж знову притулився головою до дверей.

Denn selbst das leiseste Geräusch war draußen zu hören.

Бо навіть найменший шум було чути ззовні.

Und jedes Geräusch, das er machte, brachte die Familie zum Schweigen.

І будь-який шум, який він видавав, змушував родину замовкати.

„Was macht er denn jetzt?", fragte der Vater die Familie.

«Що він зараз робить?» — запитав батько родину.

**Und er ging zur Tür, um nachzusehen, was das Geräusch
verursachte.**

І він підійшов до дверей, щоб перевірити, що це за шум.

**Und dann wurde das unterbrochene Gespräch allmählich
wieder aufgenommen.**

А потім перервана розмова поступово відновилася.

**Was der Vater aber sagte, überraschte alle auf positive
Weise.**

Але те, що сказав батько, позитивно здивувало всіх.

Gregor erfuhr nun den wahren Stand der Finanzen.

Тепер Грегор дізнався справжній стан фінансів.

Trotz all des Unglücks gab es auch etwas Glück.

Незважаючи на всі негаразди, було й щастить.

Ein kleines Vermögen aus alten Zeiten war noch vorhanden.

Дуже невеликий статок з минулих часів все ще був там.

Der Vater erklärte die Dinge, musste sich aber wiederholen.

Батько пояснив дещо, але мусив повторити.

**Weil er sich eine Weile nicht mehr mit diesen Dingen
befasst hatte.**

Бо він давно цими речами не займався.

Und weil die Mutter solche Dinge nicht verstand.

А тому що мати не розуміла таких речей.

Die Zinssätze der Bank waren etwas gestiegen.

Процентні ставки в банку трохи зросли.

Das unberührte Geld hatte sich stärker erhöht als erwartet.

Незаймані гроші зросли більше, ніж очікувалося.

**Darüber hinaus hatte Gregor ihnen immer seine Ersparnisse
gegeben.**

Крім того, Грегор завжди віддавав їм свої заощадження.

Er hatte nur wenige Gulden für sich behalten.

Він завжди залишав собі лише кілька гульденів.

**Und sein Geld war auch noch nicht vollständig
aufgebraucht.**

І його гроші також не були повністю витрачені.

**Zusammen hatte sich dieses Geld zu einem kleinen Kapital
angesammelt.**

Разом ці гроші накопичилися до невеликого капіталу.

Gregor nickte hinter seiner Tür eifrig zu der Nachricht.

Грегор, стоячи за дверима, охоче кивнув головою у відповідь на новину.

Er war erfreut über diese unerwartete Vorsicht und Sparsamkeit.

Його порадувала ця несподівана обережність та ощадливість.

Die überschüssigen Mittel hätten zur Tilgung der Schulden verwendet werden können.

Надлишок коштів можна було б використати для погашення боргу.

Dann hätten sie dem Chef nichts mehr geschuldet.

Тоді вони б більше нічого не були винні начальнику.

Und Gregor hätte schon viel früher eine neue Stelle annehmen können.

І Грегор міг би перейти на нову роботу набагато раніше.

Aber so, wie der Vater es arrangiert hatte, war es jetzt viel besser.

Але те, як батько це влаштував, тепер було набагато краще.

Das Geld reichte nicht ganz zum Leben von den Zinsen.

Цих грошей не вистачало навіть на те, щоб прожити на відсотки.

Und ein Teil des Geldes musste für Notfälle zurückgelegt werden.

І трохи грошей довелося відкладати на непередбачені випадки.

Das Geld hätte nur für ein oder zwei Jahre gereicht.

Цих грошей вистачило б лише на рік чи два.

Das bedeutete, dass jemand Geld verdienen musste, damit sie leben konnten.

Це означало, що хтось мав заробляти гроші, щоб прожити.

Der Vater war nicht krank und er war stark genug.

Батько не був хворим, і він був достатньо сильним.

Doch er war seit mehr als fünf Jahren arbeitslos.

Але він був без роботи понад п'ять років.

Und aufgrund seines Alters hatte er kaum noch Selbstvertrauen.

І через вік у нього залишилося мало впевненості в собі.

Er hatte in letzter Zeit auch deutlich an Gewicht zugenommen.

Також він значно набрав вагу останнім часом.

Sein Leben war stets mühsam und erfolglos gewesen.

Його життя завжди було важким і невдалим.

Und dies war der erste Urlaub, den er je verbracht hatte.

І це була перша відпустка в його житті.

Und da er nicht beschäftigt war, war er ziemlich ungeschickt geworden.

А без зайнятості він став досить незграбним.

Wäre es besser, wenn die alte Mutter das Geld verdienen würde?

Хіба було б краще, якби старенька мати заробляла гроші?

Die alte Mutter, die an Asthma litt.

Старенька мати, яка страждала на астму.

Die alte Mutter, die Mühe hatte, die Treppe hinaufzugehen.

Стара мати, яка насилу піднімалася сходами.

Die alte Mutter, die ihre Zeit damit verbrachte, auf dem Sofa zu liegen.

Старенька мати, яка проводила час, лежачи на дивані.

Die alte Mutter, die es vorzog, am Fenster zu sitzen.

Стара мати, яка воліла сидіти біля вікна.

Damit sie bei Bedarf durchatmen konnte.

Щоб вона могла перевести подих, коли їй це потрібно.

Wäre es besser, wenn die jüngere Schwester das Geld verdienen würde?

Чи було б краще, якби молодша сестра заробляла гроші?

Die Schwester, die mit siebzehn Jahren noch ein Kind war.

Сестра, якій у сімнадцять років було ще зовсім дитиною.

Die Schwester, die nur wenige, bescheidene Freuden hatte.

Сестра, яка мала лише кілька скромних радощів.

Die Schwester, die am liebsten Geige spielte.

Сестра, яка здебільшого любила грати на скрипці.

Sie wusste, dass ihr bisheriger Lebensstil sehr beneidenswert war;

Вона знала, що її попередній спосіб життя був дуже гідним заздрості;

Sich schick anziehen, ausschlafen, im Haushalt helfen.

Гарно одягатися, пізно прокидатися, допомагати по дому.

Das Gespräch drehte sich oft um die Notwendigkeit, Geld zu verdienen.

Розмова часто зводилася до необхідності заробляти гроші.

Gregor war immer der Erste, der die Tür losließ.

Грегор завжди першим відпускав двері.

Das Gespräch erfüllte ihn mit Scham und Trauer.

Розмова розпалила його соромом і горем.

Also warf er sich auf das kühle Ledersofa.

Тож він кинувся на остигаючий шкіряний диван.

Und den Rest der Nacht verbrachte er oft auf dem Sofa.

І часто він проводив решту ночі на дивані.

Er hat nie wirklich auf dem Sofa geschlafen, auch nicht nachts.

Він ніколи по-справжньому не спав на дивані, ані вночі.

Oft kratzte er stundenlang an dem Leder.

Часто він просто годинами дряпав шкіру.

Manchmal schob er den Sessel ans Fenster.

Іншим разом він підсовував крісло до вікна.

Allein dies erforderte von seiner Seite einen erheblichen Aufwand.

Вже тільки це вимагало від нього чималих зусиль.

Der Sessel half ihm, auf die Fensterbank zu klettern.

Крісло допомогло йому вилізти на підвіконня.

Und von dort aus konnte er sich ans Fenster lehnen.

І звідти він зміг прихилитися до вікна.

Er empfand dabei stets ein großes Gefühl der Freiheit.

Він відчував величезну свободу, роблячи це.

Vielleicht suchte er nach einem alten, befreienden Gefühl.

Можливо, він шукав якогось старого почуття визволення.

Doch seine Sehkraft war nicht mehr so scharf wie früher.

Але його зір був не таким гострим, як раніше.

Dinge in geringer Entfernung waren verschwommen und undeutlich.

Речі на невеликій відстані були розмитими та нечіткими.

Er konnte das Krankenhaus auf der anderen Straßenseite nicht mehr sehen.

Він більше не бачив лікарні через дорогу.

Vorher hatte er den Anblick verflucht, jetzt wollte er ihn sehen.

Раніше він проклинав цей краєвид, а тепер хотів його побачити.

Er wusste, dass er in der ruhigen, städtischen Charlottenstraße wohnte.

Він знав, що живе на тихій міській Шарлоттенштрассе.

Aber vielleicht dachte er, er blicke in die Wüste.

Але він міг подумати, що дивиться в пустелю.

Eine Ödnis, wo grauer Himmel und graue Erde verschmolzen.

Пустота, де зливалися сіре небо та сіра земля.

Zweimal bemerkte die aufmerksame Schwester, dass der Stuhl verschoben worden war.

Уважна сестра двічі помічала, що стілець зрушив з місця.

Nachdem sie aufgeräumt hatte, schob sie den Stuhl zurück ans Fenster.

Прибравши, вона підсунула стілець до вікна.

Und von nun an ließ sie sogar den Fensterflügel offen.

І відтепер вона навіть залишала віконну рамку відчиненою.

Gregor wünschte sich sehr, er hätte mit seiner Schwester sprechen können.

Грегор щиро хотів би поговорити зі своєю сестрою.

Er wollte ihr für alles danken, was sie für ihn getan hatte.

Він хотів подякувати їй за все, що вона для нього зробила.

Dann hätte er ihre Dienste leichter toleriert.

Тоді він би легше зносив їхні послуги.

Doch so wie die Dinge standen, litt er darunter, dass sie ihm half.

Але так склалося, що він страждав від її допомоги.

Die Schwester versuchte natürlich, die Peinlichkeit zu überspielen.

Сестра, звісно, намагалася приховати збентеження.

Und sie tat ihr Bestes, so zu tun, als ob sie sich nicht belastet fühlte.

І вона всіма силами вдавала, що не відчуває себе обтяженою.

Natürlich musste sie das erst einmal üben.

Звісно, це те, що вона мала спочатку потренуватися.

Und je mehr Zeit verging, desto besser wurde sie darin.

І чим більше часу минало, тим краще у неї це виходило.

Gregor erhielt jedoch auch mehr Zeit, um ihr Täuschungsmanöver zu durchschauen.

Але Грегору також дали більше часу, щоб побачити її удавання.

Schon das Betreten seines Zimmers durch sie war für ihn eine Tortur.

Навіть її вхід до його кімнати був для нього випробуванням.

Kaum war sie eingetreten, rannte sie direkt zum Fenster.

Щойно вона увійшла, то одразу ж підбігла до вікна.

Sie nahm sich nicht einmal die Zeit, die Tür zu schließen.

Вона навіть не встигла зачинити двері.

Normalerweise ersparte sie allen den Anblick von Gregors Zimmer.

Зазвичай вона не показувала всім кімнату Грегора.

Und mit hastigen Händen riss sie das Fenster auf.

І вона поспішними руками різко відчинила вікно.

Dann atmete sie wieder, als ob sie erstickt wäre.

Потім вона знову дихала, ніби задихнулася.

Die einströmende Luft war kalt, und sie atmete tief durch.

Повітря, що надходило, було холодним, і вона глибоко вдихнула.

Dennoch blieb sie noch eine Weile am Fenster stehen.

Але все ж вона деякий час залишалася біля вікна.

Mit dieser Routine ängstigte sie Gregor zweimal täglich.

Вона лякала Грегора двічі на день цим ритуалом.

Während sie im Zimmer war, zitterte er unter dem Sofa.

Поки вона була в кімнаті, він тремтів під диваном.

Er wusste, dass sie ihm diese Tortur gern erspart hätte.

Він знав, що вона б хотіла позбавити його цього випробування.

Aber sie konnte nicht in dem Zimmer sein, wenn das Fenster geschlossen war.

Але вона не могла бути в кімнаті із зачиненим вікном.

Einmal kam sie etwas früher.

Був один раз, коли вона прийшла трохи раніше.

Vermutlich etwa einen Monat nach Gregors Verwandlung.

Ймовірно, приблизно через місяць після перетворення Грегора.

Sie hatte sich ein wenig an sein neues Aussehen gewöhnt.

Вона вже дещо звикла до його нової зовнішності.

Sie hatte also keinen Grund mehr, besonders schockiert zu sein.

Тож у неї більше не було причин для особливого шоку.

Sie fand ihn immer noch regungslos aus dem Fenster starrend vor.

Вона побачила, що він все ще нерухомо дивиться у вікно.

Er befand sich am schrecklichsten Ort, an dem er hätte sein können.

Він опинився в найжахливішому місці, в якому тільки міг опинитися.

Er wäre nicht überrascht gewesen, wenn sie nicht hereingekommen wäre.

Він би не здивувався, якби вона не зайшла.

Er hinderte sie daran, das Fenster zu öffnen.

Де він завадив їй відчинити вікно.

Sie verließ schnell wieder das Zimmer und schloss die Tür.

Вона швидко знову вийшла з кімнати та зачинила двері.

Ein Fremder hätte zu allen möglichen Schlussfolgerungen gelangen können.

Незнайомець міг би дійти найрізноманітніших висновків.

Vielleicht wartete er nur auf die Gelegenheit, sie zu beißen.

Можливо, він просто чекав нагоди вкусити її.

Gregor versteckte sich natürlich sofort unter dem Sofa.

Грегор, звісно, одразу ж сховався під диваном.

Doch er musste bis Mittag warten, bis seine Schwester zurückkehrte.

Але йому довелося чекати до полудня, поки повернеться сестра.

Und sie wirkte viel unruhiger als sonst.

І вона здавалася набагато неспокійнішою, ніж зазвичай.

Ihm wurde klar, dass der Anblick von ihm immer noch unerträglich war.

Він зрозумів, що вигляд його все ще нестерпний.

Der Anblick von ihm würde für sie weiterhin unerträglich bleiben.

Його вигляд залишався для неї нестерпним.

Sie konnte es wahrscheinlich nicht ertragen, auch nur einen Teil von ihm zu sehen.

Вона, мабуть, не могла б бачити жодної його частини.

Ein kleines Teil ragte immer unter dem Sofa hervor.

З-під дивана завжди стирчала невелика деталь.

Eines Tages trug er ein Bettlaken auf dem Rücken zum Sofa.

Одного разу він приніс простирадло на спині до дивана.

Er wollte verhindern, dass sie irgendetwas von ihm sah.

Він хотів позбавити її можливості побачити будь-яку його частину.

Er richtete das Bettlaken so aus, dass er vollständig verdeckt war.

Він розстелив простирадло так, щоб приховати його повністю.

Selbst wenn sie sich bückte, könnte sie ihn nicht sehen.

Навіть якби вона нахилилася, то не змогла б його побачити.

Für Gregor dauerte die gesamte Arbeit mehr als drei Stunden.

Уся ця робота зайняла у Грегора більше трьох годин.

Möglicherweise hielt sie das Bettlaken für überflüssig.

Можливо, вона подумала, що простирадло зайве.

Sie hätte gewusst, dass er das Bettlaken nicht wollte.

Вона б знала, що йому не потрібна була простирадла.

Er tat es zu ihrem Wohlbefinden und nicht für sich selbst.

Він робив це для її комфорту, а не для себе.

Und sie hätte das Bettlaken abnehmen können, wenn sie gewollt hätte.

І вона могла б зняти простирадло, якби хотіла.

Aber sie ließ das Bettlaken dort, wo Gregor es hingelegt hatte.

Але вона залишила простирадло там, де його поклав Грегор.

Und Gregor glaubte sogar, einen dankbaren Blick erhascht zu haben.

І Грегору навіть здалося, що він помітив вдячний погляд.

Er hatte das Bettlaken vorsichtig mit dem Kopf angehoben.

Він обережно підняв простирадло головою.

Er wollte herausfinden, ob seiner Schwester die Vereinbarung gefiel.

Він хотів побачити, чи сподобається його сестрі така домовленість.

Die ersten zwei Wochen waren für die Eltern am schwierigsten.

Перші два тижні були найважчими для батьків.

Sie brachten es nicht übers Herz, hereinzukommen und ihn zu sehen.

Вони не могли змусити себе зайти і побачитися з ним.

Er belauschte in dieser Zeit viele ihrer Gespräche.

У цей час він підслухав багато їхніх розмов.

Sie nahmen alles, was die Schwester tat, voll und ganz zur Kenntnis.

Вони повністю визнавали все, що робила сестра.

Auch wenn sie früher oft verärgert über sie waren.

Хоча раніше вони часто на неї дратувалися.

Weil sie ein ziemlich nutzloses Mädchen gewesen zu sein schien.

Бо вона здавалася дещо нікчемною дівчиною.

Nun warteten sie auf der anderen Seite des Raumes.

Тепер саме вони чекали на іншому боці кімнати.

Und sie war es, die den Raum betrat, um alles zu erledigen.

І саме вона заходила до кімнати, щоб усе робити.

Sobald sie herauskam, wollten sie alles wissen.

Щойно вона вийшла, вони захотіли знати все.

Sie musste ihnen genau beschreiben, wie das Zimmer aussah.

Їй довелося розповісти їм, як саме виглядає кімната.

„Was hat Gregor gegessen? Wie hat er sich diesmal verhalten?“

«Що їв Грегор? Як він поводився цього разу?»

„War vielleicht eine leichte Verbesserung zu bemerken?“

"Можливо, було помітне невелике покращення?"

Die Mutter war übrigens tatsächlich mutiger.

Мати, до речі, насправді була сміливішою.

Und natürlich war es ihr eigener Sohn im Zimmer.

І, звісно ж, у кімнаті був її власний син.

Sie wollte Gregor eigentlich schon bald besuchen.

Вона насправді хотіла відвідати Грегора відносно скоро.

Doch der Vater und die Schwester hielten sie zunächst zurück.

Але батько та сестра спочатку стримували її.

Sie brachten sehr rationale Argumente dafür vor, dass sie nicht gehen sollte.

Вони наводили дуже раціональні аргументи, щоб вона не йшла.

Gregor hörte ihren Argumenten sehr aufmerksam zu.

Грегор дуже уважно слухав їхні міркування.

Und er akzeptierte die Argumentation genauso wie seine Mutter.

І він прийняв цю думку так само, як і його мати.

Später musste sie jedoch mit Gewalt zurückgehalten werden.

Однак пізніше її довелося стримувати силою.

"Lasst mich zu Gregor hinein, er ist mein unglücklicher Sohn!"

«Впустіть мене до Грегора, він мій нещасний син!»

"Verstehst du denn nicht, dass ich ihn aufsuchen muss?"

«Хіба ти не розумієш, що я маю йти до нього?»

Gregor ließ sich ebenfalls von den Argumenten seiner Mutter überzeugen.

Грегора також переконали аргументи матері.

Vielleicht hatte sie recht; es wäre gut, wenn sie hereinkäme.

Можливо, вона мала рацію; було б добре, якби вона зайшла.

Ihn jeden Tag zu besuchen, wäre viel zu viel.

Приходити до нього щодня було б занадто.

Aber ihn vielleicht einmal pro Woche zu sehen, könnte genügen.

Але бачитися з ним раз на тиждень може бути достатньо.

Sie versteht die Dinge vielleicht viel besser als die Schwester.

Вона може розуміти речі набагато краще, ніж сестра.

Trotz all ihres Mutes war sie doch nur ein Kind.

Незважаючи на всю свою мужність, вона була ще зовсім дитиною.

Vielleicht war es kindliche Unbekümmertheit, die sie dazu veranlasste, diese Aufgabe anzunehmen.

Можливо, дитяча необережність змусила її взятися за це завдання.

Doch Gregors Wunsch, seine Mutter wiederzusehen, ging bald in Erfüllung.

Але бажання Грегора побачити матір незабаром здійснилося.

Tagsüber hielt sich Gregor vom Fenster fern.

Вдень Грегор тримався подалі від вікна.

Dies tat er aus Rücksicht auf seine Eltern.

Він зробив це з поваги до своїх батьків.

Er hatte nicht viel Platz, um auf dem Boden herumzukriechen.

Йому не було багато місця, щоб повзати по підлозі.

Es fiel ihm schwer, nachts still zu liegen.

Йому було важко лежати нерухомо вночі.

**Das Essen bereitete ihm nicht einmal mehr die geringste
Freude.**

Їжа більше не приносила йому найменшого задоволення.

Natürlich musste er sich irgendwie ablenken.

Звісно, йому довелося знайти спосіб відволіктися.

**Um sich die Zeit zu vertreiben, kletterte er die Wände rauf
und runter.**

Щоб розважитися, він повзав по стінах.

Und er kroch auch kopfüber an der Decke entlang.

І він також повз по стелі, догори дриґом.

Besonders glücklich war er, als er von der Decke hing.

Він був особливо щасливий, коли висів на стелі.

Es war etwas völlig anderes, als auf dem Boden zu liegen.

Це було зовсім не те, що лежати на підлозі.

In dieser Position fiel ihm das Atmen deutlich leichter.

У такому положенні йому стало набагато легше дихати.

**Ein leichtes, aber angenehmes Kribbeln durchfuhr seinen
Körper.**

Легка, але приємна вібрація пройшла його тілом.

Manchmal gab er sich seinem Glück sogar zu sehr hin.

Іноді він навіть надто розслаблявся у своєму щасті.

Manchmal ließ er sich ablenken und ließ die Decke los.

Він іноді відволікався і відпускав стелю.

**Und zu seiner eigenen Überraschung landete er wieder auf
dem Boden.**

І на власний подив він знову приземлився на землю.

**Aber er hatte seinen Körper deutlich besser unter Kontrolle
als zuvor.**

Але він набагато краще контролював своє тіло, ніж
раніше.

So verletzte er sich nun nicht mehr bei so heftigen Stürzen.

Тож він не травмувався від таких великих падінь.

Die Schwester bemerkte sofort Gregors neue Freude.

Сестра одразу помітила нове задоволення Грегора.

**Und dort, wo er gekrochen war, waren Klebstoffreste zu
sehen.**

А там, де він повзав, були сліди клею.

Auch hier dachte die Schwester an Gregors Wohlbefinden.

Тут сестра знову подумала про самопочуття Грегора.

Vielleicht würde er mehr Platz zum Herumkriechen begrüßen.

Можливо, він би оцінив більше місця для повзання.

Und der Gedanke hatte sich fest in ihrem Kopf verankert.

І ця ідея міцно засіла в її голові.

Einige der großen Möbelstücke behinderten seine Bewegungsfreiheit.

Деякі великі меблі заважали його вільному пересуванню.

Da er nicht mehr arbeitete, brauchte er den Schreibtisch nicht mehr.

Він більше не працював, тому стіл йому не був потрібен.

Und die Schachtel nahm auch mehr Platz ein als nötig. ***

І коробка займала більше місця, ніж потрібно. ***

Die Schwester war nicht in der Lage, diese Dinge allein zu bewegen.

Сестра не змогла перемістити ці речі сама.

Natürlich wagte sie es nicht, den Vater um Hilfe zu bitten.

Звісно, вона не наважилася просити батька про допомогу.

Das Dienstmädchen hätte ihr sicherlich auch nicht geholfen.

Покоївка б їй теж точно не допомогла.

Das neue Dienstmädchen war tatsächlich ein Jahr jünger als sie.

Нова покоївка насправді була на рік молодшою за неї.

Sie hatte mutig die Rolle der ehemaligen Magd übernommen.

Вона сміливо взяла на себе роль колишньої покоївки.

Doch ein Privileg wollte sie unbedingt haben.

Але була одна перевага, на якій вона наполягала.

Sie wollte die Küche stets verschlossen halten.

Вона хотіла тримати кухню завжди замкненою.

Daher blieb der Schwester nichts anderes übrig, als ihre Mutter zu fragen.

Тож сестрі нічого не залишалося, як запитати свою матір.

Unter Freudenschreien kam die Mutter herbei, um zu helfen.

З криками схвильованої радості мати прибігла на допомогу.

Doch an der Tür zu Gregors Zimmer verstummte sie.

Але вона замовкла біля дверей до кімнати Грегора.

Die Schwester überprüfte, ob im Zimmer alles in Ordnung war.

Сестра перевірила, чи все в кімнаті гаразд.

Gregor hatte das Bettlaken hastig noch straffer gezogen.

Грегор поспішно ще щільніше загорнув простирадло.

Obwohl das Bettlaken immer noch willkürlich angeordnet aussah.

Хоча простирадло все ще виглядало хаотично розкладеним.

Erst dann ließ sie ihre Mutter ins Zimmer.

І лише тоді вона впустила матір до кімнати.

Gregor verzichtete auch darauf, unter dem Laken hervorzuspähen.

Грегор також утримався від підглядання з-під простирадла.

Er beschloss, diesmal auf einen Besuch bei seiner Mutter zu verzichten.

Цього разу він вирішив утриматися від зустрічі з матір'ю.

Gregor war schon froh genug, dass sie überhaupt gekommen war.

Грегор був досить радий, що вона взагалі зайшла.

„Komm herein, du kannst ihn nicht sehen", sagte die Schwester.

«Заходь, ти його не бачиш», – сказала сестра.

Gregor nahm an, dass sie ihre Mutter an der Hand führte.

Грегор припустив, що вона веде матір за руку.

Dann hörte er, wie die beiden schwachen Frauen die Möbel verrückten.

Потім він почув, як дві слабкі жінки пересувають меблі.

Die Schwester schien den größten Teil der Arbeit für sich zu beanspruchen.

Здавалося, що сестра взяла на себе більшу частину роботи.

Ihre Mutter befürchtete, sie würde sich überanstrengen.

Її мати боялася, що вона перенапружиться.

Doch die Schwester schenkte diesen Warnungen keine Beachtung.

Але сестра не звернула уваги на ці попередження.

Doch auch nach fünfzehn Minuten ging es nur sehr langsam voran.

Але навіть після п'ятнадцяти хвилин прогрес був дуже повільним.

Es war ihnen nicht gelungen, die Möbel weit zu bewegen.

Їм не вдалося далеко пересунути меблі.

Langsam beschlich sie ein Gefühl der Niederlage.

Вони поступово починали відчувати поразку.

Die Mutter war die Erste, die die Sinnlosigkeit eingestand.

Мати першою визнала марність цієї справи.

"Vielleicht wäre es besser, die Schachtel hier zu lassen."

«Можливо, краще залишити коробку тут».

„Die Kiste ist zu schwer, als dass wir sie noch viel weiter bewegen könnten.“

«Коробка занадто важка, щоб ми могли просунутися далі».

„Und wir werden nicht fertig sein, bevor dein Vater eintrifft.“

«І ми не закінчимо, поки не приїде твій батько».

„Wenn wir die Kiste hier lassen würden, würde das seinen Weg nur noch mehr versperren.“

«Якщо залишити коробку тут, це ще більше заблокує йому шлях.»

Und können wir sicher sein, dass wir ihm damit einen Gefallen tun?

«І чи можемо ми бути певні, що робимо йому послугу?»

Sie begannen zu glauben, dass das Gegenteil durchaus der Fall sein könnte.

Вони почали думати, що цілком може бути навпаки.

Der Anblick der leeren Wand lastete schwer auf ihrem Herzen.

Вигляд порожньої стіни важко стиснув їй серце.

Was spricht dagegen, dass Gregor das auch so empfinden würde?

Що можна сказати про те, що Грегор також не відчував би себе так само?

„Er hat sich bereits an die Möbel in seinem Zimmer gewöhnt."

«Він уже звик до меблів у своїй кімнаті».

„In einem leeren Zimmer könnte er sich noch verlassener fühlen."

«У порожній кімнаті він може почуватися ще більш покинутим».

Ihre Stimme war inzwischen fast zu einem Flüstern gesunken.

Тепер її голос майже знизився до шепоту.

Sie wusste tatsächlich nicht, wo sich Gregor genau aufhielt.

Вона насправді не знала точного місцезнаходження Грегора.

Sie wollte nicht einmal, dass er ihre Stimme hörte.

Вона не хотіла, щоб він навіть почув звук її голосу.

Obwohl sie sich sicher war, dass er sie nicht verstand.

Хоча вона була впевнена, що він її не розуміє.

„Würde es nicht so aussehen, als hätten wir ihn völlig aufgegeben?"

«Хіба не здається, що ми повністю в ньому розчарувалися?»

"Wird er nicht das Gefühl haben, dass wir ihn mit der Situation allein lassen?"

«Хіба він не відчує, що ми залишаємо його самого?»

„Wir sollten den Raum genau so verlassen, wie er war."

«Ми повинні залишити кімнату саме такою, якою вона була».

„Irgendwann wird Gregor zu uns zurückkehren, so wie er war."

«Зрештою, Грегор повернеться до нас таким, яким він був».

„Dann wird er feststellen, dass alles noch an seinem Platz ist."

«Тоді він побачить, що все на своєму місці».

„Und er wird die Übergangszeit viel leichter vergessen.“

«І він набагато легше забуде перехідний період».

Als Gregor diese Worte hörte, begriff er etwas.

Коли Грегор почув ці слова, він дещо зрозумів.

Sein Verstand war in den letzten zwei Monaten verwirrt worden.

За останні два місяці його розум заплутався.

Der Mangel an menschlicher Interaktion hatte ihm nicht gutgetan.

Відсутність людського спілкування не пішла йому на користь.

Er brauchte das eintönige Leben im Kreise seiner Familie wirklich.

Йому справді потрібне було монотонне життя серед родини.

Warum sonst hätte er eine solch unsinnige Forderung gestellt?

Чому б інакше він висував таку безглузду вимогу?

Welchen Sinn sollte es denn haben, sein Zimmer zu räumen?

Який сенс було спорожняти його кімнату?

Das gemütliche Zimmer war mit geerbten Möbeln eingerichtet.

Комфортна кімната обставлена успадкованими меблями.

Warum sollte er diese bekannte Wärme in eine Höhle verwandeln wollen?

Чому він хотів перетворити це відоме тепло на печеру?

Eine Höhle, in der er ungestört in alle Richtungen kriechen konnte.

Печера, де він міг би спокійно повзати в усіх напрямках.

Doch in einer Höhle vergaß er rasch seine menschliche Vergangenheit.

Але печера, в якій він швидко забув своє людське минуле.

Er fragte sich, ob er schon kurz davor war, alles zu vergessen.

Йому варто було замислитися, чи не був він уже близький до того, щоб забути.

Die Stimme seiner Mutter hatte ihn aufgerüttelt und seine Erinnerung wachgerufen.

Голос матері примусив його згадати.

Die Stimme, die er so lange nicht gehört hatte.

Голос, якого він так давно не чув.

Nichts durfte entfernt werden; alles musste bleiben.

Нічого не можна було видаляти; все мало залишитися.

Die Möbel wirkten sich positiv auf seinen Zustand aus.

Меблі позитивно вплинули на його стан.

Und ohne diesen Anker zur Vergangenheit konnte er nicht zurechtkommen.

І він не міг би впоратися без цього опорного зв'язку з минулим.

Die Möbel hinderten ihn daran, sinnlos herumzukriechen.

Меблі заважали його безглуздому повзанню.

Das war aber kein Verlust, sondern vielmehr ein großer Vorteil.

Але це не було втратою, а навпаки, великою перевагою.

Leider hatte die Schwester eine ganz andere Meinung.

На жаль, сестра мала зовсім іншу думку.

Sie war gewissermaßen zu einer Sprecherin Gregors geworden.

Вона чимось на кшталт стала речницею Грегора.

Natürlich war ihre Meinung nicht völlig unberechtigt.

Звичайно, її думка не була зовсім безпідставною.

Doch der Meinung ihrer Mutter musste hier widersprochen werden.

Але тут довелося спростувати думку її матері.

Es war nicht nur die Kiste, die nun entfernt werden musste.

Тепер потрібно було зняти не лише коробку.

Sein Schreibtisch und der Kleiderschrank konnten ebenfalls nicht bleiben.

Його письмовий стіл і шафа також не могли залишитися.

Das Einzige, was unverzichtbar war, war das Sofa.

Єдине, що було незамінним, це диван.

Sie hat diese Entscheidung nicht aus kindischem Trotz getroffen.

Вона вирішила це не лише з дитячої непокори.

Es lag auch nicht an ihrem erst kürzlich gewonnenen Selbstvertrauen.

Це була не її нещодавно набута впевненість у собі.

Das neue Selbstvertrauen, das sie hatte, trieb sie an, so hart für den Sieg zu arbeiten.

Нова впевненість, заради якої їй довелося так наполегливо працювати.

Auch wenn niemand erwartet hatte, dass sie dazu in der Lage sein würde.

Хоча ніхто й не очікував, що вона зможе це зробити.

Gregor brauchte tatsächlich viel Platz zum Kriechen.

Грегору справді потрібно було багато місця, щоб повзати.

Die Möbel schränkten den ihm zur Verfügung stehenden Raum zusätzlich ein.

Меблі лише обмежували доступну йому кімнату.

Sie konnte diese Dinge besser sehen als die Mutter.

Вона могла бачити ці речі краще, ніж мати.

Aber vielleicht spielte auch ihre romantische Ader eine Rolle.

Але, можливо, її романтичний дух також зіграв свою роль.

Mädchen in diesem Alter entwickeln oft eine gewisse Begeisterung.

Дівчата цього віку часто проявляють певний ентузіазм.

Und sie verspüren das Bedürfnis, ihren Willen durchzusetzen, wann immer es ihnen möglich ist.

І вони відчувають потребу домогтися свого, коли це можливо.

Vielleicht wollte sie ihn deshalb heimlich sabotieren.

Можливо, саме тому вона хотіла таємно саботувати його.

Noch furchterregender ist er, wenn er an den Wänden entlangkriecht.

Він ще страшніший, коли повзає по стінах.

Die Eltern trauten sich nicht mehr, das Zimmer zu betreten.

Батьки більше не наважувалися заходити до кімнати.

Sie wäre tatsächlich die alleinige Betreuerin ihres Bruders.

Вона справді була б єдиною опікуною свого брата.

Sie ließ sich von ihrer Mutter nicht umstimmen.

Вона не дозволила матері переконати себе в іншому.

Gregors Mutter fühlte sich in dem Zimmer bereits unwohl.

Грегорова мати вже почувалася неспокійно в кімнаті.

Sie hörte bald auf zu sprechen und half ihrer Tochter erneut.

Невдовзі вона перестала говорити і знову допомогла
доньці.

Mit ihren letzten Kräften entfernten sie den Kleiderschrank.

Зібравши решту сил, вони зняли шафу.

Auf die Kommode konnte er verzichten.

Комод був чимось таким, без чого він міг обійтися.

Der Schreibtisch musste aber vorerst dort bleiben.

Але стіл мав залишитися на даний момент.

Während die Frauen weg waren, versuchte er, sich einen
Überblick über den Raum zu verschaffen.

Поки жінок не було, він спробував оцінити кімнату.

Und Gregor streckte seinen Kopf unter dem Sofa hervor.

І Грегор визирнув голову з-під дивана.

Er musste sehen, was er in dieser Situation tun konnte.

Він мав побачити, що він може зробити з цією ситуацією.

Aber er war so vorsichtig und rücksichtsvoll wie möglich.

Але він був максимально обережним і уважним.

Leider war es die Mutter, die zuerst zurückkehrte.

На жаль, першою повернулася мати.

Grete war noch dabei, den Kleiderschrank im Nebenzimmer
umzustellen.

Грета все ще переставляла шафу в сусідній кімнаті.

Die Mutter war den Anblick Gregors jedoch nicht gewohnt.

Але мати не звикла до вигляду Грегора.

Schon ein flüchtiger Blick auf ihn hätte sie krank machen
können.

Навіть один лише погляд на нього міг би зробити їй
погано.

Gregor eilte rückwärts zum anderen Ende des Sofas.

Грегор поспішив задом наперед до дальнього кінця
дивана.

**Aber er konnte sich nicht zurücklehnen und das Bettlaken
ausbalancieren.**

Але він не міг відступити назад і втримати рівновагу на
простирадлі.

**Die Bewegung reichte aus, um die Aufmerksamkeit der
Mutter zu erregen.**

Руху було достатньо, щоб привернути увагу матері.

Sie hielt inne und verharrte einen kurzen Moment ganz still.

Вона зробила паузу і на мить завмерла нерухомо.

Dann drehte sie sich um und verließ das Zimmer wieder.

Потім вона розвернулася й вийшла з кімнати.

**Gregor redete sich immer wieder ein, dass nichts
Ungewöhnliches passiert sei.**

Грегор постійно повторював собі, що нічого незвичайного
не сталося.

**„Es handelt sich lediglich um ein paar Möbelstücke, die
weggebracht wurden.“**

«Це просто деякі меблі, які забрали».

**Doch schon bald musste er zugeben, dass ihn die Ereignisse
mitgenommen hatten.**

Але невдовзі йому довелося визнати, що ці події вплинули
на нього.

Die Frauen hatten alles, was sie taten, auch gesagt.

Жінки розповідали все, що робили.

Sie waren im Zimmer auf und ab gegangen.

Вони ходили туди-сюди по кімнаті.

Das Kratzen aller Möbelstücke auf dem Boden.

Дряпання всіх меблів по підлозі.

Er hatte das Gefühl, von allen Seiten angegriffen zu werden.

Він відчував, ніби на нього нападають з усіх боків.

Er zog Kopf und Beine so fest wie möglich an.

Він так міцно притягнув голову та ноги до себе, як тільки
міг.

Mit aller Kraft presste er seinen Körper zu Boden.

З усієї сили він притиснув своє тіло до землі.

Er wusste, dass er das alles nicht mehr lange aushalten konnte.

Він знав, що більше не зможе все це терпіти.

Sie räumten sein Zimmer aus und nahmen alles mit, was ihm lieb und teuer war.

Вони вичистили його кімнату і забрали все, що він любив.

Sie hatten bereits die Kiste mit all seinen Werkzeugen mitgenommen.

Вони вже забрали скриньку з усіма його інструментами.

Nun lockerten sie seinen schweren Schreibtisch vom Boden.

Тепер вони підіймали його важкий стіл до підлоги.

Der Schreibtisch, an dem er nach seiner Rückkehr von der Arbeit gearbeitet hatte.

Стіл, за яким він працював після повернення з роботи.

Der Schreibtisch, an dem er seine Geschäftsaufgaben erledigt hatte.

Стіл, на якому він писав свої ділові завдання.

Der Schreibtisch, an dem er in der Sekundarschule seine Hausaufgaben gemacht hatte.

Парта, на якій він робив домашнє завдання у середній школі.

Ja, diesen Schreibtisch hatte er schon in der Grundschule.

Так, у нього вже була ця парта у початковій школі.

Er hatte wirklich keine Zeit, sich von ihren guten Absichten zu überzeugen.

У нього справді не було часу підтвердити їхні добрі наміри.

Obwohl er beinahe vergessen hatte, dass sie überhaupt da waren.

Хоча він і так майже забув, що вони там були.

Weil sie vor Erschöpfung still arbeiteten.

Бо вони працювали мовчки, через виснаження.

Sie waren zu müde, um ihre Bewegungen jetzt noch bekannt zu geben.

Вони були надто втомлені, щоб зараз оголошувати про свої пересування.

Alles, was er hörte, waren ihre schweren Schritte auf dem Boden.

Він чув лише їхні важкі кроки по підлозі.

Genau in diesem Moment lehnten sie an der Kiste.

Якраз у цей момент вони притулилися до коробки.

Und da kam Gregor unter dem Sofa hervor.

І саме тоді з-під дивана вийшов Грегор.

Er änderte viermal seine Laufrichtung.

Він чотири рази змінював напрямок свого бігу.

Er konnte sich nicht entscheiden, welcher Gegenstand zuerst gerettet werden musste.

Він не міг вирішити, який предмет потрібно врятувати першим.

Plötzlich richtete sich sein Blick auf die leere Wand.

Раптом його увагу привернула порожня стіна.

Alles, was sie ihm hinterlassen hatten, war das Bild der Dame im Pelzmantel.

Все, що вони йому залишили, це фотографія жінки в хутрі.

Er kroch zu dem Bild und drückte seinen Körper an sie.

Він підповз до картини, щоб притиснутися до неї своїм тілом.

Und sein Körper verdeckte vollständig das Bild.

А його тіло повністю закривало вид на картину.

Das Glas stützte ihn und kühlte seinen heißen Bauch.

Скло підтримало його і заспокоїло його гарячий живіт.

Dieses Foto konnte ihm nicht mehr abgenommen werden.

Цю фотографію вже не можна було в нього забрати.

Dann wandte er den Kopf zur Wohnzimmertür.

Потім він повернув голову до дверей вітальні.

Er wollte zusehen, wie die Frauen ins Zimmer zurückkehrten.

Він збирався спостерігати, як жінки повертаються до кімнати.

Und sie ruhten sich nicht lange aus, bevor sie wieder zurückkehrten.

І вони недовго відпочивали, перш ніж знову повернулися.

Grete hatte den Arm um ihre Mutter gelegt, um ihr beim Gehen zu helfen.

Грета обійняла матір, допомагаючи їй йти.

„Was sollen wir denn jetzt nehmen?", fragte Grete und blickte sich um.

«Що ж нам тепер взяти?» — спитала Грета й озирнулася навколо.

Genau in diesem Moment trafen sich ihre Blicke mit Gregors.

Саме в цю мить її погляд зустрівся з очима Грегора.

Trotz des Schocks behielt sie die Fassung.

Незважаючи на шок, вона зберегла самовладання.

Vermutlich nur wegen der Anwesenheit ihrer Mutter.

Мабуть, лише через присутність її матері.

Sie neigte ihr Gesicht zu ihrer Mutter und verdeckte ihr die Sicht.

Вона схилила обличчя до матері, закриваючи нею погляд.

Und dann sagte sie, zitternd und gedankenlos:

І тоді вона сказала, хоч і тремтячи, і не замислюючись:

"Kommt schon, sollten wir nicht zurück ins Wohnzimmer gehen?"

«Ходімо, хіба нам не варто повернутися до вітальні?»

Gregor konnte die Absichten der Schwester leicht verstehen.

Грегор легко міг зрозуміти наміри сестри.

Ihre oberste Priorität war es, ihre Mutter in Sicherheit zu bringen.

Її першочерговим завданням було доставити матір у безпечне місце.

Aber dann wollte sie ihn von der Mauer herunterjagen.

Але тоді вона збиралася гнатися за ним зі стіни.

„Nun, sie kann es ja versuchen!", dachte Gregor bei sich.

«Ну, вона точно може спробувати!» — подумав Грегор про себе.

Er behielt sein Bild fest im Blick und gab es nicht her.

Він міцно сидів на своїй картині і не здавався.

Am liebsten wäre er der Schwester ins Gesicht gesprungen.

Він би радше стрибнув сестрі в обличчя.

Doch Gretes Worte hatten ihre Mutter noch mehr beunruhigt.

Але слова Грети ще більше стурбували її матір.

Sie trat beiseite, um zu sehen, was vor ihr verborgen wurde.

Вона відійшла вбік, щоб побачити, що від неї приховують.

Und sie sah den braunen Fleck auf der geblümten Tapete.

І вона побачила коричневу пляму на квітчастих шпалерах.

Und sie schrie auf, noch bevor sie merkte, dass es Gregor war.

І вона закричала, ще до того, як зрозуміла, що це Грегор.

"Oh Gott", schrie sie mit ausgestreckten Armen.

«О Боже», — закричала вона, розкинувши руки.

Und sie sank auf die Couch, als hätte sie aufgegeben.

І вона впала на диван, ніби здавшись.

„Gregor!“, rief die Schwester ihm mit erhobener Faust zu.

«Грегор!» — крикнула сестра, піднявши кулак.

Und sie warf ihm einen langen, harten und durchdringenden Blick zu.

І вона подивилася на нього довгим, пильним і проникливим поглядом.

Dies war das erste Mal, dass sie direkt mit ihm gesprochen hatte.

Це був перший раз, коли вона заговорила з ним безпосередньо.

Sie rannte ins Nebenzimmer, um Riechsalz zu holen.

Вона побігла до сусідньої кімнати, щоб взяти трохи нюхальної солі.

Sie musste ihre Mutter wieder zum Bewusstsein bringen.

Їй довелося привести матір до тями.

Gregor wollte helfen, er konnte das Bild später aufbewahren.

Грегор хотів допомогти, він міг би зберегти картину пізніше.

Doch er war fest an der Glasscheibe festgeklebt.

Але він міцно застряг на склі.

Deshalb musste er sich mit großer Kraft losreißen.

Тож йому довелося відриватися, застосовуючи чимало сили.

Auch er rannte in den nächsten Raum, wo sich die Schwester befand.

Він також побіг до сусідньої кімнати, де була сестра.

Früher hätte er ihr vielleicht einen Rat geben können.

У минулому він міг би дати їй якусь пораду.

Doch nun konnte er nichts anderes tun, als tatenlos zuzusehen.

Але тепер він нічого не міг зробити, як стояти осторонь і спостерігати.

Sie durchwühlte die Schublade und öffnete verschiedene Flaschen.

Вона порилась у шухляді, відкриваючи різні пляшки.

Und er erschreckte sie immer noch, als sie sich umdrehte.

І він все ще лякав її, коли вона обернулася.

Eine Flasche fiel zu Boden, zerbrach und splitterte.

Пляшка впала на підлогу, розбилася та розлетілася на друзки.

Ein Glassplitter traf Gregor im Gesicht und verletzte ihn.

Осколок скла влучив Грегору в обличчя та поранив його.

Die Flasche hatte eine Art ätzende Flüssigkeit enthalten.

У пляшці була якась їдка рідина.

Und nun brannte die ätzende Flüssigkeit auf Gregors Gesicht.

І тепер їдка рідина пекла обличчя Грегора.

Die Schwester hatte jedoch im Moment keine Zeit für Gregor.

Однак у сестри зараз не було часу на Грегора.

Sie sammelte so viele Flaschen ein, wie sie tragen konnte.

Вона зібрала стільки пляшок, скільки змогла.

Und sie rannte mit der Medizin zurück zu ihrer Mutter.

І вона побігла назад до матері з ліками.

Sie schlug die Tür mit dem Fuß zu und schloss Gregor aus.

Вона грюкнула дверима ногою, не пропускаючи Грегора.

Nun war er von seiner möglicherweise sterbenden Mutter abgeschnitten.

Тепер він був відрізаний від своєї потенційно вмираючої
матері.

Wenn er die Tür öffnete, würde er die Schwester verjagen.

Якби він відчинив двері, то прогнав би сестру.

**Aber natürlich musste sie bleiben, um sich um die Mutter zu
kümmern.**

Але, звісно, вона мусила залишитися, щоб доглядати за
матір'ю.

Es gab für ihn nichts anderes zu tun, als auf sie zu warten.

Тепер йому нічого не залишалося, як чекати на них.

**Von Selbstvorwürfen und Angst geplagt, begann er zu
kriechen.**

Мучений самодокорами та тривогою, він почав повзати.

Er kroch überall hin; an Wänden, Möbeln, der Decke.

Він повзав усюди: по стінах, меблях, стелі.

**Er hatte das Gefühl, als würde sich der ganze Raum um ihn
drehen.**

Йому здавалося, ніби вся кімната обертається навколо
нього.

**Schließlich fiel er, verzweifelt und schwindlig, wieder zu
Boden.**

Зрештою, у відчаї та запамороченні, він упав назад.

Und er fiel direkt auf den großen Esstisch.

І він упав прямо на великий обідній стіл.

Er lag eine Weile da, betäubt und unfähig sich zu bewegen.

Він пролежав деякий час, заціпенівши і не в змозі
рухатися.

**Er war erschöpft von all dem, was ihm dieser Tag gebracht
hatte.**

Він був виснажений усім, що приніс йому цей день.

**Es herrschte ringsum Stille, aber vielleicht war das ein gutes
Zeichen.**

Навколо було тихо, але, можливо, це був добрий знак.

Dann zerriss das Klingeln an der Haustür die Stille.

Раптом, порушуючи тишу, продзвенів дзвінок зовні.

**Das Dienstmädchen hatte sich natürlich in ihrer Küche
eingeschlossen.**

Покоївка, звісно ж, замкнулася на кухні.

Die Schwester war also die Einzige, die die Tür öffnen konnte.

Тож сестра була єдиною, хто міг відчинити двері.

„Was ist passiert?", fragte der Vater als Erstes.

«Що трапилося?» — було перше, що спитав батько.

Gretes Erscheinung hatte ihm wahrscheinlich alles verraten.

Зовнішній вигляд Грети, мабуть, сказав йому все.

Gretes Stimme wurde beim Sprechen gedämpft und dumpf.

Голос Грети став приглушеним і глухим, коли вона говорила.

Sie muss ihr Gesicht an die Brust ihres Vaters gedrückt haben.

Мабуть, вона притиснула обличчя до грудей батька.

„Mutter war bewusstlos, aber es geht ihr jetzt besser."

«Мати була непритомна, але зараз їй вже краще».

„Gregor ist entkommen", fügte sie hinzu, was er auch erwartet hatte.

«Грегор утік», – додала вона, чого він і очікував.

"Ich habe dir doch immer gesagt, dass er eines Tages ausbrechen würde."

«Я ж тобі завжди казав, що одного дня він утече».

„Aber ihr Frauen wolltet mir ja nicht zuhören, nicht wahr?"

«Але ви, жінки, не хотіли мене слухати, чи не так?»

Gregor erkannte schnell, wie sein Vater die Dinge sehen würde.

Грегор швидко зрозумів, як на це дивитиметься його батько.

Er hatte Gretes allzu kurze Nachricht falsch interpretiert.

Він неправильно витлумачив надто коротке повідомлення Грети.

Er nahm an, Gregor habe eine Gewalttat begangen.

Він припустив, що Грегор вчинив якийсь акт насильства.

Gregor musste einen Weg finden, seinen Vater irgendwie zu besänftigen.

Грегор мусив знайти спосіб якось задобрити батька.

Weil er keine Zeit hatte, ihm die Dinge zu erklären.

Бо у нього не було часу, щоб йому все пояснити.

Aber er hätte die Dinge ohnehin nicht erklären können.

Але він би все одно не зміг нічого пояснити.

Da flüchtete er zur Tür und drückte sich dagegen.

Тож він побіг до дверей і притиснувся до них.

So konnte sein Vater ihn vom Vorzimmer aus sehen.

Таким чином батько міг бачити його з передпокою.

Und er würde erkennen, dass er die besten Absichten hatte.

І він зможе побачити, що в нього найкращі наміри.

Es war nicht nötig, ihn mit einem Besen zurückzudrängen.

Не було потреби відштовхувати його назад мітлою.

Der Vater hätte lediglich die Tür öffnen müssen.

Все, що батькові потрібно було зробити, це відчинити двері.

Doch er hatte keine Lust, solche Feinheiten zu bemerken.

Але він не мав настрою помічати такі тонкощі.

"Da bist du ja!", rief er, sobald er eingetreten war.

«Ось ви де!» — вигукнув він, щойно увійшовши.

Es war, als wäre er gleichzeitig wütend und glücklich.

Здавалося, ніби він був одночасно і злий, і щасливий.

Er zog den Kopf zurück und blickte zu seinem Vater auf.

Він відкинув голову назад і подивився на батька.

Er hatte sich seinen Vater nicht so vorgestellt.

Він не уявляв собі свого батька таким, що стоїть там.

Doch in letzter Zeit hatte er eine neue Ablenkung gefunden.

Але нещодавно він знайшов нове заняття, яке його відволікло.

Das Herumkriechen nahm nun einen großen Teil seines Tages ein.

Тепер повзання займало значну частину його дня.

Zuvor hatte er alle Neuigkeiten in der Wohnung im Blick behalten.

Раніше він стежив за будь-якими новинами в квартирі.

Aber in letzter Zeit hatte er nicht mehr so genau darauf geachtet.

Але останнім часом він не звертав на це стільки уваги.

Er hätte auf Veränderungen vorbereitet sein müssen.

Він мав бути готовий до змін.

Aber war dieser Mann vor ihm noch der Vater?

Тим не менш, чи був цей чоловік перед ним все ще батьком?

War er noch derselbe Mann, der früher müde in seinem Bett lag?

Чи це був той самий чоловік, який колись стомлено лежав у ліжку?

Als Gregor bereits auf Geschäftsreise war.

Коли Грегор вже поїхав у відрядження.

War er derselbe Mann, der ihn abends begrüßte?

Чи це був той самий чоловік, який вітався з ним вечорами?

Als er in seinem Morgenmantel in seinem Sessel saß.

Коли він був у халаті у своєму кріслі.

War er derselbe Mann, der nicht aufstehen konnte, um ihn zu begrüßen?

Чи це був той самий чоловік, який не міг встати, щоб привітати його?

So blieb er sitzen und hob freudig den Arm.

Тож, залишаючись сидіти, він підняв руку на знак радості.

War er derselbe Mann, mit dem er gelegentlich spazieren ging?

Чи це був той самий чоловік, з яким він час від часу ходив на прогулянки?

In seltenen Fällen: an einigen Sonntagen im Jahr oder an Feiertagen.

У рідкісних випадках: кілька неділь на рік або свята.

War er derselbe Mann, der in seinen Mantel gehüllt herüberkam?

Чи це був той самий чоловік, який йшов, закутавшись у своє пальто?

Musste er sich langsam zwischen Mutter und ihm vorwärtsarbeiten?

Чи він повільно просувався вперед, між матір'ю та ним?

Und sie gingen seinetwegen bereits langsam.

І вони вже йшли повільно через нього.

Doch nun stand dieser Mann stark und aufrecht.

Але тепер цей чоловік стояв міцно та прямо.

Er trug eine blaue Uniform mit goldenen Knöpfen.

Він був одягнений у синю форму із золотими ґудзиками.

Knöpfe, die die Angestellten der Bankinstitute tragen.

Ґудзики, які носять службовці банківських установ.

Über dem steifen Kragen trat sein markantes Doppelkinn hervor.

Над жорстким коміром виднілося його сильне подвійне підборіддя.

Unter seinen buschigen Augenbrauen blickten seine schwarzen Augen hervor.

З-під густих брів дивилися його чорні очі.

Seine Augen wirkten nun durchdringend, frisch und aufmerksam.

Тепер його очі виглядали пронизливими, свіжими та пильними.

Das zuvor zerzauste weiße Haar wurde glatt gekämmt.

Раніше розпатлане біле волосся було зачесане вниз.

Und sein Haar hatte nun einen sorgfältigen Mittelscheitel.

А його волосся тепер мало ретельний проділ посередині.

Er warf seinen Hut weg, der mit einem goldenen Monogramm verziert war.

Він скинув капелюха, на якому була прикріплена золота монограма.

Es handelte sich wahrscheinlich um das Monogramm der Bank, für die er arbeitete.

Це, мабуть, була монограма банку, в якому він працював.

Und der Hut landete auf dem Sofa, um später weggeräumt zu werden.

А капелюх приземлився на диван, щоб його потім прибрати.

Er schob den Saum der langen Uniformjacke zurück.

Він відкинув низ довгої форменної куртки.

Und er steckte seine Daumen in die Hosentaschen.

І він засунув великі пальці в кишені штанів.

Und dann ging er mit finsterer Miene auf Gregor zu.

А потім, із похмурим обличчям, він пішов до Грегора.

Er wusste wahrscheinlich selbst noch nicht, was er vorhatte.

Він, мабуть, навіть не знав, що планує зробити.

Dennoch hob er die Füße ungewöhnlich hoch.

Але все ж він підняв ноги надзвичайно високо.

Gregor staunte über die enorme Größe seiner Stiefel.

Грегор був вражений величезним розміром своїх чобіт.

Doch dafür blieb wirklich keine Zeit, seine Schuhe zu bewundern.

Але часу милуватися його взуттям справді не було.

Der Vater hatte sich für eine sehr strenge Disziplin entschieden.

Батько вирішив запровадити дуже сувору дисципліну.

Für Gregor war nur die größtmögliche Strenge angemessen.

Лише найбільша суворість була доречною для Грегора.

Das wusste er vom ersten Tag seiner Verwandlung an.

Він знав це з першого дня свого перетворення.

Er rannte zu seinem Vater und blieb stehen, als dieser stehen blieb.

Він побіг до батька і зупинився, коли той зупинився.

Als er sich wieder bewegte, huschte er erneut auf ihn zu.

Він знову поспішив до нього, коли той знову ворухнувся.

Der Vater hielt einen Moment inne, und Gregor tat es ihm gleich.

Батько на мить замовк, і Грегор також.

Und sobald sich sein Vater bewegte, stürmte er wieder vorwärts.

І він знову кинувся вперед, щойно батько ворухнувся.

Auf diese Weise gingen sie mehrmals im Kreis um den Raum.

Таким чином вони кілька разів обійшли кімнату.

Bislang hatte noch niemand einen entscheidenden Vorteil errungen.

Ніхто ще не здобув вирішальної переваги.

Man konnte nicht den Eindruck einer Verfolgungsjagd gewinnen.

Не могло скластися враження погоні.

Weil das ganze Geschehen viel zu langsam vonstatten ging.
Бо вся подія відбувалася надто повільно.
Gregor hatte beschlossen, am Boden zu bleiben.
Грегор вирішив залишитися на землі.
Er hätte die Wände hoch und an der Decke entlanglaufen können.
Він міг би бігти по стінах і по стелі.
Er wollte den Vater aber nicht unnötig provozieren.
Але він не хотів без потреби провокувати батька.
Eine solche Flucht hätte besonders verwerflich erscheinen können.
Така втеча могла б здатися особливо підступною.
Gregor räumte ein, dass diese Jagd nicht mehr lange dauern könne.
Грегор визнав, що ця погоня не могла тривати довго.
Jeder Schritt erforderte eine Vielzahl von Bewegungen.
Кожен крок мав супроводжуватися безліччю рухів.
Er begann bereits Atemnot zu verspüren.
Він уже починав відчувати задишку.
Schon vorher hatte er nie absolut zuverlässige Lungen gehabt.
Навіть раніше в нього ніколи не було повністю надійних легень.
Er taumelte dahin und sparte seine Kräfte für den Lauf.
Він хитався, зберігаючи сили для бігу.
Er war so müde, dass er die Augen kaum noch offen halten konnte.
Він був такий втомлений, що ледве міг тримати очі відкритими.
Seine Gedanken verlangsamten sich zu sehr, um an andere Fluchtmöglichkeiten zu denken.
Його думки стали надто повільними, щоб думати про інші шляхи втечі.
Er hatte fast vergessen, dass ihm die Wände zur Verfügung standen.
Він майже забув, що стіни йому доступні.
Die Wände waren aber ohnehin hinter Möbeln verborgen.

Але стіни все одно були приховані за меблями.

Und die Möbel wiesen zu viele Kerben und Vorsprünge auf.

А меблі мали забагато виїмок та виступів.

Und dann, direkt neben ihm, rollte ein Apfel.

А потім, прямо поруч із ним, котилося яблуко.

Ihm wurde klar, dass der Apfel nach ihm geworfen worden sein musste.

Мабуть, яблуко кинули в нього, зрозумів він.

Doch er hatte keine Zeit zum Nachdenken, da kam schon der nächste Apfel.

Але у нього не було часу думати, бо з'явилося ще одне яблуко.

Gregor erstarrte vor Schreck über die neue Strategie seines Vaters.

Грегор заціпенів від шоку від нової стратегії батька.

Er konnte durch einen Fluchtversuch nichts mehr gewinnen.

Він більше не міг нічого отримати від спроб втекти.

Der Vater hatte beschlossen, ihn mit Früchten zu überhäufen.

Батько вирішив засипати його фруктами.

Er hatte sich die Taschen mit Obst aus der Küchenschale gefüllt.

Він наповнив кишені фруктами з кухонної миски.

Ohne besonders darauf zu zielen, warf er Apfel um Apfel.

Не цілячись особливо, він кидав яблуко за яблуком.

Diese kleinen roten Äpfel rollten auf dem Boden herum.

Ці маленькі червоні яблука котилися по землі.

Wie von einem Stromschlag getroffen, stießen die Äpfel aneinander.

Ніби наелектризовані, яблука стукалися одне об одне.

Einer der schwach geworfenen Äpfel streifte Gregors Rücken.

Одне з слабо кинутих яблук зачепило Грегора за спину.

Zum Glück für ihn rutschte der Apfel harmlos herunter.

На щастя для нього, те яблуко зісковзнуло без шкоди.

Der anschließend geworfene Apfel traf jedoch genauer.

Однак яблуко, кинуте потім, було точніше.

Und dieser Apfel blieb tief in Gregors Rücken stecken.

І це яблуко глибоко застрягло Ґреґору в спині.

Gregor wollte sich vor dem Schmerz davonreißen.

Ґреґор хотів позбутися болю.

Vielleicht ließe sich diesem neuen, unvorstellbaren Schmerz entkommen.

Можливо, цього нового, неймовірного болю можна було б уникнути.

Vielleicht würde ein Ortswechsel seine Qualen lindern.

Можливо, зміна місця проживання полегшила б його муки.

Aber er fühlte sich, als wäre er am Boden festgenagelt.

Але він відчував себе так, ніби його прибили до підлоги.

Er streckte sich aus, aber nur aufgrund seiner Verwirrung.

Він потягнувся, але лише через свою розгубленість.

Erst mit seinem letzten Blick sah er, wie sich die Tür öffnete.

Лише востаннє він побачив, як відчиняються двері.

Die Mutter stürzte vor die schreiende Schwester hinaus.

Мати вибігла назустріч кричущій сестрі.

Die Schwester hatte sie ausgezogen, sodass sie nur noch ihr Hemd trug.

Сестра роздягнула її, тож вона була в одній сорочці.

Sie hatte in ihrer Bewusstlosigkeit Freiraum gebraucht.

Їй потрібен був перепочинок у стані несвідомості.

Er sah noch, wie die Mutter auf den Vater zulief.

Він все ще бачив, як мати бігла до батька.

Ihre Röcke rutschten einer nach dem anderen zu Boden.

Її спідниці одна за одною сповзали на землю.

Er sah, wie sie auf den Vater zuging und über ihren Rock stolperte.

Він бачив, як вона підійшла до батька і спіткнулася об спідницю.

Sie umarmte ihn und bat darum, Gregors Leben zu verschonen.

Обійнявши його, вона попросила зберегти життя Ґреґора.

In völliger Einheit mit seinem Körper versagte auch sein Augenlicht.

У повному єднанні зі своїм тілом, його зір підвів.

Teil Drei
Частина третя

Gregor litt über einen Monat lang unter der schweren Verletzung.

Грегор страждав від важкої травми понад місяць.

Der Apfel steckte fest; niemand wagte es, ihn zu entfernen.

Яблуко залишалося вкопаним; ніхто не наважувався його вийняти.

Der Apfel blieb als sichtbare Erinnerung in seinem Fleisch zurück.

Яблуко залишилося в його тілі як видиме нагадування.

Der Apfel diente dem Vater aber auch als Erinnerung.

Але яблуко також слугувало нагадуванням для батька.

Ihm wurde klar, dass Gregor nicht wie ein Feind behandelt werden sollte.

Він зрозумів, що до Грегора не слід ставитися як до ворога.

Im Moment mag sein Erscheinungsbild traurig und abstoßend wirken.

Зараз його вигляд може бути сумним і огидним.

Aber dennoch war er ein Mitglied ihrer Familie.

Але попри це, він все ще був членом їхньої родини.

Der Widerwille musste überwunden und toleriert werden.

Неохочу довелося проковтнути та терпіти.

Aufgrund seiner Verletzung könnte seine Beweglichkeit für immer verloren sein.

Через поранення він цілком може втратити мобільність назавжди.

Er kroch immer noch in seinem Zimmer herum, aber viel langsamer.

Він все ще повзав по своїй кімнаті, але набагато повільніше.

Kriechen in irgendeiner Höhe war völlig ausgeschlossen.

Про повзання на будь-якій висоті не могло бути й мови.

Gregor erhielt jedoch eine Form der Entschädigung.

Але Грегор таки отримав певну компенсацію.

Am Abend wurde ihm die Wohnzimmertür geöffnet.

Увечері йому відчинили двері вітальні.

Und er war der Ansicht, dass diese Wiedergutmachungszahlungen vollkommen angemessen seien.

І він вважав ці репарації цілком достатніми.

Noch vor Einbruch der Dunkelheit begann er, die Tür zu beobachten.

Ще до вечора він почав стежити за дверима.

Er lag in der Dunkelheit, vom Wohnzimmer aus unsichtbar.

Він лежав у темряві, невидимий з вітальні.

Er konnte die ganze Familie an dem beleuchteten Tisch sehen.

Він бачив усю родину за освітленим столом.

Nun durfte er ihren Gesprächen zuhören.

Тепер йому дозволили підслухати їхні розмови.

Dies unterschied sich deutlich von ihrer vorherigen Vereinbarung.

Це досить сильно відрізнялося від їхньої попередньої домовленості.

Die lebhaften Gespräche vergangener Zeiten waren verstummt.

Жваві розмови колишніх часів закінчилися.

Das waren die Gespräche, nach denen er sich immer gesehnt hatte.

Це були ті розмови, яких він колись прагнув.

Als er allein in kleinen Hotelzimmern schlief.

Коли він спав сам у маленьких готельних номерах.

Als er sich in die feuchte Bettwäsche werfen musste.

Коли йому довелося кинутися у вологу ковдру.

Die Abende verliefen nun meist ruhig und ereignislos.

Але вечори тепер були здебільшого тихими та без пригод.

Der Vater schlief nach dem Abendessen in seinem Sessel ein.

Батько заснув у своєму кріслі після вечері.

Und Mutter und Schwester ermahnten einander zur Stille.

А мати й сестра закликали одна одну бути тихими.

Die Mutter beugte sich weit über die Lampe und nähte Leinen.

Мати, схилившись далеко над світлом, шила лляну білизну.

Sie entwirft jetzt Kleider für eines der Modegeschäfte.

Вона зараз шила сукні для одного з модних магазинів.

Wie Gregor hatte auch die Schwester eine Stelle als Verkäuferin angenommen.

Як і Грегор, сестра влаштувалася на роботу продавчинею.

Sie lernte abends Stenografie und Französisch.

Вечорами вона вивчала стенографію та французьку мову.

Damit sie später vielleicht eine bessere Arbeitsstelle bekommen könnte.

Щоб вона, можливо, пізніше змогла отримати кращу посаду.

Manchmal wachte der Vater von seinem abendlichen Nickerchen auf.

Іноді батько прокидався від вечірнього сну.

"Liebling, du nähst heute schon so lange!"

«Люба, ти вже так довго сьогодні шиєш!»

Er schien vergessen zu haben, dass er geschlafen hatte.

Здавалося, він забув, що спав.

Doch er fiel sofort wieder in seinen Schlaf zurück.

Але він одразу ж знову провалився у сон.

Und Mutter und Schwester lächelten einander müde an.

І мати й сестра стомлено посміхнулися одна одній.

Der Vater hatte eine seltsame neue Sturheit entwickelt.

У батька розвинулася дивна нова впертість.

Selbst zu Hause weigerte er sich, seine Dieneruniform auszuziehen.

Навіть удома він відмовлявся знімати свою уніформу слуги.

Und sein Morgenmantel hing nutzlos am Kleiderbügel.
А його халат марно висів на вішалці.
So schlief der Vater, vollständig bekleidet, in seinem Sessel.
Тож батько спав, повністю одягнений, у своєму кріслі.
Es war, als ob er immer bereit wäre, seinen Dienst zu leisten.
Здавалося, що він завжди готовий був служити.
Als ob er nur auf die Stimme seines Vorgesetzten gewartet hätte.
Ніби він тільки й чекав голосу свого начальника.
Dies führte dazu, dass seine Uniform an Sauberkeit verlor.
Через це його уніформа втратила свою чистоту.
Obwohl die Uniform auch nicht neu war, als er sie bekam.
Хоча форма теж не була новою, коли він її отримав.
Und die Mutter tat ihr Bestes, um die Uniform zu pflegen.
І мати щосили доглядала за формою.
Gregor verbrachte ganze Abende damit, diese Uniform anzusehen.
Грегор цілі вечори розглядав цю уніформу.
Er beobachtete, wie der alte Mann äußerst unbequem schlief.
Він спостерігав, як старий неспокійно спав.
Doch im Schlaf bemerkte er auch etwas Friedliches.
Але уві сні він також помітив щось мирне.
Als die Uhr zehn schlug, versuchte die Mutter, ihn zu wecken.
Коли годинник пробив десяту, мати спробувала його розбудити.
Sie sprach leise und überredete ihn, ins Bett zu gehen.
Вона тихо говорила і вмовила його лягти спати.
Denn auf dem Sessel zu schlafen war kein richtiger Schlaf.
Бо спати в кріслі не було справжнім сном.
Er musste um sechs Uhr mit der Arbeit beginnen.
Йому потрібно було починати роботу о шостій годині.
Deshalb musste er unbedingt so gut wie möglich schlafen.
Тож йому справді потрібно було якомога міцніше виспатися.
Doch er war von einer neuen Form der Sturheit ergriffen.

Але його охопила нова форма впертості.

Die Tatsache, dass er Diener geworden war, hatte begonnen, diese Wirkung auf ihn zu haben.

Те, що він став слугою, почало мати на нього такий вплив.

Deshalb bestand er immer darauf, länger am Tisch zu bleiben.

Тож він завжди наполягав на тому, щоб довше залишатися за столом.

Obwohl er regelmäßig wieder in seinem Sessel einschlief.

Хоча він регулярно знову засинав у своєму кріслі.

Und er ließ sich nur mit größter Mühe bewegen.

І його можна було зрушити з місця лише з великими труднощами.

Man musste ihm erklären, dass das Bett besser für ihn wäre.

Йому довелося сказати, що ліжко буде для нього кращим.

Mutter und Schwester mussten nachdrücklich darauf bestehen, oft mit nur wenigen Vorwarnungen.

Матері та сестрі довелося наполягати, незначно застерігаючи.

Fünfzehn Minuten lang schüttelte er nur langsam den Kopf.

Протягом п'ятнадцяти хвилин він лише повільно хитав головою.

Und er hielt die Augen geschlossen und weigerte sich aufzustehen.

І він тримав очі заплющеними, і відмовлявся вставати.

Die Mutter zupfte sanft, aber bestimmt an seinem Ärmel.

Мати смикнула його за рукав, ніжно, але рішуче.

Und sie flüsterte ihm schmeichelhafte Worte in seine müden Ohren.

І вона шепотіла йому на втомлені вуха приємні слова.

Die Schwester unterbrach ihre Arbeit, um ihrer Mutter zu helfen.

Сестра покинула свою роботу, щоб допомогти матері.

Doch keiner ihrer Versuche zeigte Wirkung beim Vater.

Але жодна з їхніх зусиль не подіяла на батька.

Er sank noch tiefer in seinen Stuhl, bereit zum Schlafen.

Він ще глибше занурився в крісло, готуючись спати.

Und schließlich packten ihn die Frauen unter den Achseln.

І нарешті жінки схопили його під пахви.

Er öffnete die Augen und blickte sie abwechselnd an.

Він розплющив очі й по черзі дивився на них.

„Was für ein Leben!", klagte er beim Zubettgehen.

«Що за життя таке», — поскаржився він, лягаючи спати.

"Ist das der Frieden, der mir im Alter zuteilwurde?"

«Чи це той спокій, який мені дали в старості?»

Doch dann stützte er sich auf die beiden Frauen und stand unbeholfen auf.

Але потім, спираючись на двох жінок, він незграбно підвівся.

Er tat so, als trüge er die schwerste Last.

Він поводився так, ніби ніс найважчий тягар.

Er ließ sich von den beiden Frauen bis ans andere Ende des Raumes führen.

Він дозволив двом жінкам провести його до кінця кімнати.

Dort wünschte er ihnen eine gute Nacht und ging dann allein weiter.

Там він побажав їм на добраніч і продовжив свій шлях.

Doch die Mutter warf hastig ihr Nähzeug hin.

Але мати поспішно кинула свій швейний набір.

Und auch die Schwester legte den Stift und den Notizblock beiseite.

І сестра також поклала ручку та блокнот.

Und sie liefen hinter dem Vater her, um ihm weiter zu helfen.

І вони побігли за батьком, щоб допомогти йому далі.

Wer in dieser überarbeiteten Familie hatte schon Zeit für Gregor?

Хто в цій перевантаженій роботою родині мав час для Грегора?

Wer hätte ihm mehr Aufmerksamkeit schenken können als nötig?

Хто міг приділити йому більше уваги, ніж було потрібно?

Das Haushaltsbudget wurde zunehmend eingeschränkt.

Домашній бюджет ставав дедалі обмеженішим.

**Um Geld zu sparen, mussten sie schließlich das
Dienstmädchen entlassen.**

Зрештою, щоб заощадити гроші, їм довелося звільнити
покоївку.

Sie wurde durch eine stämmige, weißhaarige Frau ersetzt.

Її замінила товстокісна жінка з білим волоссям.

Diese Frau kam jedoch nur morgens und abends.

Але ця жінка приходила лише вранці та ввечері.

**Und die schwerste und härteste Arbeit wurde ihr
aufgehoben.**

І вся найважча та найскладніша робота була збережена
для неї.

Alle anderen Hausarbeiten wurden von der Mutter erledigt.

Всі інші хатні справи виконувала мати.

**Es kam sogar vor, dass verschiedene
Familienschmuckstücke verkauft wurden.**

Траплялося навіть, що продавалися різні сімейні
коштовності.

**Schmuck, den die Frauen bei Feierlichkeiten mit Freude
getragen hatten.**

Ювелірні вироби, які жінки із задоволенням носили під
час святкувань.

Gregor erfuhr dies in einer der allgemeinen Diskussionen.

Грегор дізнався про це з однієї із загальних дискусій.

Die größte Beschwerde betraf jedoch etwas anderes.

Найбільша скарга, однак, полягала в іншому.

**Die Wohnung war zu groß, aber sie konnten nicht
ausziehen.**

Квартира була занадто великою, але вони не могли звідти
виїхати.

Es gab keine Möglichkeit, Gregor umzusiedeln.

Вони ніяк не могли переселити Ґреґора.

**Gregor erkannte jedoch, dass es nicht nur um
Rücksichtnahme ging.**

Але Грегор зрозумів, що справа була не лише в роздумах.

Etwas anderes hielt sie davon ab, woanders hinzuziehen.

Щось інше заважало їм переїхати кудись ще.

Er hätte problemlos in einer geeigneten Kiste transportiert werden können.
Його можна було легко перевезти у відповідній скриньці.
Ihre Gefühle völliger Hoffnungslosigkeit hielten sie zurück.
Почуття повної безнадії стримувало їх.
Sie wollten sich nicht eingestehen, dass sie vom Unglück getroffen worden waren.
Вони не хотіли визнавати, що їх спіткало нещастя.
Was die Welt von armen Menschen verlangt, das haben sie erfüllt.
Те, чого світ вимагає від бідних людей, вони виконали.
Der Vater holte dem kleinen Bankangestellten das Frühstück.
Батько приніс сніданок для маленького банківського клерка.
Die Mutter opferte sich für die Wäsche von Fremden auf.
Мати пожертвувала собою заради прання чужої білизни.
Die Schwester rannte hin und her, um die Bestellungen der Kunden aufzunehmen.
Сестра бігала туди-сюди за замовленнями клієнтів.
Aber sie hatten einfach nicht mehr die Kraft, irgendetwas weiter zu tun.
Але у них просто не було сил зробити щось більше.
Die Wunde in Gregors Rücken schmerzte nun noch mehr.
Рана на спині Грегора почала боліти ще сильніше.
Jeden Abend brachten Mutter und Schwester den Vater ins Bett.
Щовечора мати й сестра приносили батька спати.
Sie ließen ihre Arbeit liegen und setzten sich zusammen.
Вони залишили свою роботу там, де вона була, і сіли разом.
Und sie rückten näher zusammen und saßen Wange an Wange.
І вони підійшли ближче одне до одного, сіли щока до щоки.
Die Mutter zeigte auf das Zimmer, von dem aus er zusah.
Мати вказала на кімнату, звідки він спостерігав.

"Würdest du die Tür schließen?", fragte sie die Schwester.

«Чи не зачиниш ти двері?» — попросила вона сестру.

Und dann war Gregor wieder allein in der Dunkelheit.

І тоді Грегор знову залишився сам у темряві.

Und im Nebenzimmer vermischten die Frauen ihre Tränen.

А в сусідній кімнаті жінка змішала їхні сльози.

Oder sie saßen mit trockenen Augen da und starrten einfach nur auf den Tisch.

Або ж вони сиділи з сухими очима, просто втупившись у стіл.

Gregor schlief kaum, weder nachts noch tagsüber.

Грегор майже не спав ні вночі, ні вдень.

Er dachte oft darüber nach, wie er der Familie helfen könnte.

Він часто думав про те, як міг би допомогти родині.

Er dachte darüber nach, das Geld wieder für sie zu verdienen.

Він думав про те, щоб знову заробити для них гроші.

Er dachte darüber nach, das zu tun, was er früher für sie getan hatte.

Він подумав про те, щоб зробити для них те, що робив раніше.

In seinen Gedanken erschien der Bevollmächtigte wieder.

У своїх думках уповноважений представник повернувся.

Und dieses Mal kam auch der Chef in die Wohnung.

І цього разу до квартири також прийшов начальник.

Und die Angestellten und die Lehrlinge waren auch da.

І клерки, і учні теж там були.

Sogar der etwas begriffsstutzige Büroangestellte kam, um ihn zu sehen.

Навіть тупоголовий службовець прийшов до нього.

Es waren zwei oder drei Freunde aus anderen Branchen dabei.

Було двоє чи троє друзів з інших підприємств.

Eine der Zimmermädchen aus einem Hotel in der Provinz.

Одна з покоївок з готелю в провінції.

Eine kostbare und flüchtige Erinnerung, an der er festzuhalten versuchte.

Дорогий і швидкоплинний спогад, який він намагався зберегти.

Eine Kassiererin aus einem Hutgeschäft, für die er Absichten hatte.

Касир з капелюшного магазину, для якої він мав наміри.

Doch er war etwas zu langsam gewesen, um ihre Zustimmung zu gewinnen.

Але він трохи запізнився, щоб завоювати її схвалення.

Sie alle tauchten in seinen Gedanken auf, vermischt mit Fremden.

Всі вони з'являлися в його думках, перемішані з незнайомцями.

Und andere erschienen nicht; sie waren bereits vergessen.

А інші не з'явилися; про них уже забули.

Aber sie halfen weder ihm noch seiner Familie.

Але вони не допомогли ні йому, ні родині.

Sie waren unzugänglich, und er war froh, als sie weg waren.

Вони були недоступні, і він зрадів, коли вони зникли.

Er war nicht immer in der Stimmung, sich Sorgen um die Familie zu machen.

Він не завжди був у настрої турбуватися про сім'ю.

Und er war voller Wut über die mangelnde Aufmerksamkeit.

І його сповнювала лють від браку уваги.

Und er konnte sich nichts vorstellen, worauf er Appetit hätte.

І він не міг уявити собі нічого, чого б йому захотілося.

Doch er schmiedete trotzdem Pläne, in die Speisekammer einzubrechen.

Але він все ще планував проникнути в комору.

Und er würde sich alles nehmen, was ihm zustand.

І він збирався взяти все, на що заслуговував.

Die Schwester bemühte sich nicht mehr besonders um ihn.

Сестра більше не докладала для нього особливих зусиль.

Sie verschwendete keine Zeit mehr damit, darüber nachzudenken, wie sie ihm gefallen könnte.

Вона більше не витрачала час на роздуми про те, як догодити йому.

Vor der Arbeit schob sie schnell etwas zu essen ins Zimmer.

Перед роботою вона швидко заштовхала трохи їжі в кімнату.

Und am Abend kehrte sie die Essensreste schnell wieder zusammen.

А ввечері вона знову швидко змела їжу.

Ob er gegessen hatte oder nicht, bemerkte sie nicht mehr.

Чи поїв він, чи ні, вона вже не помічала.

In den meisten Fällen blieb das Essen nun unberührt.

Найчастіше тепер їжу залишали недоторканою.

Abends huschte sie immer noch schnell durch den Raum.

Вона все ще швидко проносилася по кімнаті ввечері.

Doch nun tat sie nur das Nötigste, und zwar so schnell wie möglich.

Але тепер вона зробила найнеобхідніше, якомога швидше.

An den Mauern zogen sich Spuren von Schmutz entlang.

По стінах залишалися смуги бруду.

Auf dem Boden lagen Staub- und Müllklumpen.

На підлозі залишилися лежати кульки пилу та сміття.

Gregor missbilligte ihre Nachlässigkeit.

Грегор висловив своє несхвалення її недбальством.

Er drehte sich in einem besonders markanten Winkel.

Він повернувся під особливо значним кутом.

Aber er hätte wochenlang in dieser Position bleiben können.

Але він міг би залишатися на цій посаді тижнями.

Seine Schwester hätte seine Unzufriedenheit nicht bemerkt.

Його сестра не помітила б його невдоволення.

Sie sah den Dreck genauso gut wie er, wenn nicht sogar besser.

Вона бачила бруд так само добре, як і він, якщо не краще.

Aber sie hatte beschlossen, den Dreck dort zu lassen, wo er war.

Але вона вирішила залишити землю там, де вона була.

Damals entwickelte sie eine völlig neue Sensibilität.

У той час вона набула зовсім нової чутливості.

Sie hatte es sich zur Aufgabe gemacht, Gregors Zimmer zu reinigen.

Вона взяла на себе обов'язок прибирати кімнату Грегора.

Die Familie war von ihrer freundlichen Rücksichtnahme sehr berührt.

Родина була зворушена її доброю турботою.

Einst hatte die Mutter sein Zimmer gründlich gereinigt.

Одного разу мати ретельно прибрала його кімнату.

Erst nachdem sie mehrere Eimer Wasser verbraucht hatte, gelang es ihr.

Лише після використання кількох відер води їй це вдалося.

Die neu aufgetretene Feuchtigkeit im Zimmer schadete Gregor jedoch.

Однак нова вогкість у кімнаті шкодила Грегору.

Und er lag breitbeinig, verbittert und regungslos auf dem Sofa.

І він лежав широкий, озлоблений і нерухомий на дивані.

Doch das war nur ihre erste Strafe für ihre Hilfeleistung.

Але це було лише її перше покарання за допомогу.

Die Schwester bemerkte schnell die Veränderung in Gregors Zimmer.

Сестра швидко помітила зміну в кімнаті Грегора.

Und sie rannte, zutiefst beleidigt, ins Wohnzimmer.

І вона вбігла до вітальні, вкрай ображена.

Ihre Mutter hob die Hände und versuchte, sie zu beschwören.

Її мати підняла руки і спробувала благати її.

Doch trotz einer aufrichtigen Erklärung brach sie in Tränen aus.

Але попри щире пояснення, вона розплакалася.

Der Vater erschrak natürlich und fuhr aus seinem Stuhl hoch.

Батько, звісно, злякано схопився зі стільця.

Und die beiden Eltern schauten fassungslos und hilflos zu.

А двоє батьків дивилися на це, здивовані та безпорадні.

Und schließlich gerieten auch ihre Gefühle in Aufruhr.

І зрештою їхні емоції також загострилися.

Der Vater warf der Mutter vor, was sie getan hatte.

Батько дорікнув матері за скоєне.

"Du hättest das Zimmer Grete zum Putzen überlassen sollen."

«Тобі слід було залишити кімнату, щоб Грета прибрала».

Grete schrie die Mutter an, weil sie sein Zimmer aufgeräumt hatte.

Грета кричала на матір за те, що та прибрала в його кімнаті.

„Du darfst sein Zimmer nie wieder putzen!"

"Тобі більше ніколи не дозволять прибирати в його кімнаті!"

Die Mutter versuchte, den Vater ins Schlafzimmer zu zerren.

Мати спробувала затягнути батька до спальні.

Die Schwester blieb zitternd und schluchzend im Zimmer zurück.

Сестра залишилася в кімнаті, тремтячи та ридаючи.

Und sie hämmerte mit ihren kleinen Fäustchen auf den Tisch.

І вона стукала по столу своїми маленькими кулачками.

Und Gregor zischte sie alle lautstark vor Wut an.

І Грегор голосно зашипів від гніву на всіх них.

Warum war niemand auf die Idee gekommen, ihm die Tür zu schließen?

Чому ніхто не подумав зачинити для нього двері?

Sie hätten ihm diesen Anblick und Lärm ersparen können.

Вони могли б позбавити його цього видовища та шуму.

Die Schwester war erschöpft, als sie von der Arbeit nach Hause kam.

Сестра була виснажена після повернення з роботи.

Und die Betreuung von Gregor bedeutete für sie noch mehr Arbeit.

А турбота про Грегора була для неї ще більшим навантаженням.

Das bedeutete aber nicht, dass die Mutter es hätte tun sollen.

Але це не означало, що мати мала це зробити.

Gregor hingegen sollte nicht vernachlässigt werden.

Грегора, з іншого боку, не слід нехтувати.
Aber jetzt hatten sie ein neues Dienstmädchen, das solche Dinge tun konnte.
Але тепер у них була нова служниця, яка вміла робити такі речі.
Eine ältere Witwe mit kräftigem Knochenbau.
Літня вдова, яка мала міцну кісткову структуру.
Eine Statur, die ihr half, ihr schwieriges Leben zu überstehen.
Статура, яка допомогла їй пережити її складне життя.
Sie hatte keine wirkliche Abneigung gegen Gregors Erscheinung.
Вона не відчувала справжньої відрази до зовнішності Грегора.
Sie hatte versehentlich die Tür zu Gregors Zimmer geöffnet.
Вона випадково відчинила двері до кімнати Грегора.
Es geschah nicht aus besonderer Neugierde bezüglich des Zimmers.
Це не було з якоїсь особливої цікавості до кімнати.
Sie tat lediglich ihre Arbeit und öffnete dabei zufällig die Tür.
Вона просто виконувала свою роботу і випадково відчинила двері.
Gregor war natürlich völlig überrascht von ihr.
Грегор, звісно, був нею цілковито здивований.
Er wurde nicht verfolgt, aber er rannte hin und her.
Його не переслідували, але він бігав туди-сюди.
Und sie verschränkte einfach die Arme und sah ihm beim Krabbeln zu.
А вона просто склала руки і дивилася, як він повзе.
Seitdem hat sie ihm immer einen Spaltbreit die Tür geöffnet.
Відтоді вона завжди трохи відчиняла для нього двері.
Eines Morgens schaute sie nach ihm, um zu sehen, wie es ihm ging.
Одного ранку вона зазирнула дізнатися, як у нього справи.
Und am Abend sah sie nach ihm, bevor sie ging.

А ввечері, перед тим як піти, вона перевірила його стан.

Zuerst versuchte sie auch, ihn zu sich zu rufen.

Спочатку вона також намагалася покликати його до себе.

„Komm her, du alter Mistkäfer!", pflegte sie zu sagen.

«Іди сюди, старий гнойовий жуче!» — казала вона.

Oder sie sagte freundlich: „Schau dir den alten Mistkäfer an!"

Або ж вона дружелюбно сказала: «Подивіться на старого гнойового жука!».

Gregor reagierte nie darauf, wenn man so mit ihm sprach.

Грегор ніколи не реагував на таке звернення.

Er blieb stehen, ohne sich zu rühren, und ignorierte sie.

Він залишився там, не рухаючись, і ігнорував її.

„Wenn man ihr doch nur gesagt hätte, wie man ihre Arbeit richtig macht."

«Якби ж їй тільки сказали, як правильно виконувати свою роботу».

„Anstatt mich zu belästigen, sollte sie lieber mein Zimmer aufräumen."

«Замість того, щоб мене турбувати, вона повинна прибрати в моїй кімнаті».

Eines Morgens prasselte ein heftiger Regenguss gegen die Fenster.

Одного разу рано-вранці у вікна вдарив сильний дощ.

Vielleicht war der Regen bereits ein Zeichen für den kommenden Frühling.

Можливо, дощ вже був ознакою майбутньої весни.

Das Dienstmädchen begann wieder auf diese Weise mit ihm zu sprechen.

Служниця знову почала так з ним розмовляти.

Gregor war so verbittert, dass er sich umdrehte und ihr ins Gesicht sah.

Грегор був такий озлоблений, що повернувся до неї обличчям.

Er war langsam und gebrechlich, aber es war eine Art Angriff.

Він був повільним і немічним, але це було щось на кшталт нападу.

Das Dienstmädchen hingegen hatte überhaupt keine Angst vor Gregor.

Служниця, однак, зовсім не боялася Грегора.

Stattdessen hob sie einen Stuhl hoch, der in der Nähe der Tür stand.

Натомість вона підняла стілець, що стояв біля дверей.

Und sie stand da, ganz ruhig, mit weit geöffnetem Mund.

І вона стояла там, спокійно, з широко відкритим ротом.

Ihre Absichten waren klar, das konnte sogar Gregor erkennen.

Її наміри були ясними, навіть Грегор це бачив.

Und er drehte sich langsam um und kehrte zu seinem ursprünglichen Platz zurück.

І він повільно повернувся у своє початкове положення.

"Sie wollen also nicht näher kommen, oder?"

— Тож ти не хочеш підійти ближче, чи не так?

Und sie stellte den Stuhl leise wieder in die Ecke.

І вона тихенько поставила стілець назад у куток.

Gregor aß kaum noch etwas.

Грегор майже нічого не їв.

Manchmal blieb er bei seinen Rundgängen im Zimmer stehen.

Іноді, прогулюючись по кімнаті, він зупинявся.

Und er befand sich neben dem für ihn zubereiteten Essen.

І він опинився поруч із приготованою для нього їжею.

Er steckte sich das Essen in den Mund, aber nur, um damit zu spielen.

Він поклав їжу до рота, але лише для того, щоб погратися з нею.

Und nicht selten spuckte er es nach ein paar Stunden wieder aus.

І досить часто він знову його випльовував через кілька годин.

Er versuchte, einen Grund für seinen Appetitverlust zu finden.

Він намагався знайти причину своєї відсутності апетиту.

Vielleicht, weil er mit dem Zustand seines Zimmers unzufrieden war.

Можливо, тому, що він був засмучений станом своєї кімнати.

Aber er hatte sich mit den Veränderungen im Raum abgefunden.

Але він змирився зі змінами в кімнаті.

In letzter Zeit hatte sich sein Zimmer in eine Art Abstellraum verwandelt.

Останнім часом його кімната перетворилася на щось на кшталт комори.

Sie hatten sich angewöhnt, Dinge dort liegen zu lassen.

Вони вже мали звичку залишати там речі.

Und nun lagen noch viele solcher Dinge in seinem Zimmer.

І тепер у його кімнаті залишилося багато таких речей.

Weil ein Zimmer der Wohnung vermietet worden war.

Тому що одна кімната квартири була здана в оренду.

Drei ernsthafte Herren mieteten das Zimmer gemeinsam.

Троє серйозних джентльменів орендували кімнату разом.

Gregor hat sie einmal durch einen Türspalt erblickt.

Грегор якось помітив їх крізь щілину у дверях.

Sie trugen Vollbärte und waren penibel gekleidet.

У них були густі бороди, і вони були ретельно одягнені.

Sie achteten penibel darauf, dass alles ordentlich blieb.

Вони ретельно стежили за тим, щоб у всьому було чисто.

Ihr Hang zur Ordnung beschränkte sich nicht nur auf ihr Zimmer.

Їхня наполегливість щодо охайності не обмежувалася лише їхньою кімнатою.

Die gesamte Wohnung musste tadellos sauber gehalten werden.

Вся квартира мала бути ідеально чистою.

Sie legten sogar noch mehr Wert auf das Aussehen der Küche.

Вони були ще більш перебірливими щодо того, як виглядала кухня.

Und unnötigen Unrat konnten sie nicht dulden.

І вони не могли терпіти жодного зайвого безладу.

Sie hatten auch ihre eigenen Möbel mitgebracht.

Вони також привезли з собою власні меблі.

Aus diesem Grund waren viele Dinge überflüssig geworden.

Через це багато речей стало зайвими.

Das waren Dinge, für die niemand Geld bezahlen würde.

Це були речі, за які ніхто не платив би грошей.

Die Familie wollte diese Dinge aber auch nicht wegwerfen.

Але родина також не хотіла позбуватися цих речей.

All diese Dinge landeten irgendwo in Gregors Zimmer.

Усі ці речі кудись потрапили до кімнати Грегора.

Der Aschenbecher aus der Küche stand nun in seinem Zimmer.

Попільниця з кухні тепер зберігалася в його кімнаті.

Und der Müll wurde bis zum Abholtag in seinem Zimmer aufbewahrt.

А сміття зберігалося в його кімнаті до дня сміттєвого вивезення.

Das Dienstmädchen warf alles, was sie nicht brauchte, in sein Zimmer.

Покоївка кидала до його кімнати все, що їй не було потрібно.

Zum Glück sah er nichts weiter als die Hand und den Gegenstand.

На щастя, він побачив лише руку та предмет.

Sie hatte wahrscheinlich vor, die Sachen später abzuholen.

Вона, мабуть, мала намір повернутися за речами пізніше.

Oder vielleicht wollte sie einfach alles auf einmal wegwerfen.

А може, вона хотіла викинути все за один раз.

Doch alles blieb dort, wo es ursprünglich gelandet war.

Однак, все залишилося там, де спочатку приземлилося.

Es sei denn, Gregor bewegte den Schrott, indem er sich hindurchzwängte.

Хіба що Грегор пересунув це мотлох, пробираючись крізь нього.

Zuerst musste er sich durch den ganzen Schrott hindurchkriechen.

Спочатку його змусили повзати крізь усе це мотлох.

Es gab für ihn keine Möglichkeit, dies zu vermeiden.

У нього не було жодної можливості уникнути цього.

Später fand er jedoch tatsächlich Freude an dieser Tätigkeit.

Але пізніше він справді знайшов задоволення в цьому занятті.

Diese Anstrengung hinterließ ihn jedoch traurig und zutiefst erschöpft.

Хоча такі зусилля залишали його сумним і глибоко стомленим.

Und danach war er viele Stunden lang bewegungsunfähig.

А після цього він багато годин не міг рухатися.

Die Untermieter aßen manchmal im Wohnzimmer.

Квартиранти іноді обідали у вітальні.

Die Wohnzimmertür blieb an diesen Abenden geschlossen.

Двері вітальні залишалися зачиненими в ті вечори.

Gregor hatte aber keine Schwierigkeiten, die Tür jetzt nicht zu öffnen.

Але Грегор без труднощів не відчинив двері.

Selbst wenn die Tür offen war, schaute er nicht immer hinaus.

Навіть коли двері були відчинені, він не завжди виглядав назовні.

Doch er legte sich in die dunkelste Ecke des Zimmers.

Але він ліг у найтемнішому кутку кімнати.

Auch der Familie fiel seine mangelnde Aufmerksamkeit nicht auf.

Родина також не помічала його браку уваги.

Doch einmal ließ das Dienstmädchen die Tür offen.

Але одного разу покоївка залишила двері відчиненими.

Die Tür blieb auch dann offen, als die Mieter zurückkehrten.

Двері залишалися відчиненими навіть після повернення квартирантів.

Und die Tür war offen, als das Licht eingeschaltet wurde.

І двері були відчинені, коли увімкнули світло.

Der Mann saß an dem Tisch, an dem die Familie zu Abend aß.

Чоловік сидів за столом, де вечеряла родина.

Vater, Mutter und Gregor saßen dort in früheren Zeiten.

Батько, мати та Грегор сиділи там у давні часи.

Sie entfalteten die Servietten und nahmen Messer und Gabeln.

Вони розгорнули серветки та взяли ножі й виделки.

Die Mutter erschien mit einer Schüssel Fleisch in der Tür.

Мати з'явилася у дверях з мискою м'яса.

Dann kam die Schwester mit einer Schüssel voller Kartoffeln herein.

Потім зайшла сестра з мискою, повною картоплі.

Die Untermieter beugten sich über die vor ihnen aufgestellten Schüsseln.

Квартиранти схилилися над мисками, поставленими перед ними.

Der dichte Rauch des Essens stieg ihnen bis in die Nasen.

Густий дим від їжі піднімався їм до носа.

Aber sie hatten noch nicht entschieden, ob sie das Essen essen würden.

Але вони ще не вирішили, чи їстимуть цю їжу.

Vielleicht würden sie das Essen zurück in die Küche schicken.

Можливо, вони відправлять їжу назад на кухню.

Der Mann in der Mitte schien die Autoritätsperson zu sein.

Чоловік, що сидів посередині, здавався авторитетом.

Er schnitt das Fleisch an, um festzustellen, ob es zart genug war.

Він розрізав м'ясо, щоб перевірити, чи воно достатньо м'яке.

Er war zufrieden mit dem Geruch und Aussehen des Essens.
Він був задоволений тим, як пахла і виглядала їжа.
Die Mutter und die Schwester hatten sie ängstlich beobachtet.
Мати й сестра з тривогою спостерігали за ними.
Und sie begannen zu lächeln, begleitet von einem Seufzer der aufgestauten Erleichterung.
І вони почали посміхатися зітхаючи з наростаючим полегшенням.
Die Familie selbst wollte in der Küche essen.
Сама родина збиралася обідати на кухні.
Doch zuerst ging der Vater nach den Untermietern sehen.
Але спочатку батько пішов перевірити квартирантів.
Er verbeugte sich einmal und hielt dabei seine Arbeitsmütze in der Hand.
Він вклонився один раз, тримаючи в руці свою кепку після роботи.
Und er ging einmal im Kreis um den Tisch herum, zu jedem Gast.
І він обійшов коло навколо столу, до кожного гостя
Die Untermieter standen alle auf und murmelten in ihre Bärte.
Усі мешканці встали, бурмочучи собі в бороди.
Nachdem er gegangen war, aßen sie in fast völliger Stille.
Після його відходу вони їли майже в повній тиші.
Gregor fand es seltsam, dass er Kaugeräusche hörte.
Грегору здалося дивним, що він чув жування.
Kein anderer Aspekt des Essens schien Geräusche zu verursachen.
Здавалося, що жоден інший аспект харчування не видавав жодного звуку.
Aber er konnte deutlich hören, wie Zähne aufeinander knirschten.
Але він чітко чув скрегіт зубів.
Sie schienen ihm sagen zu wollen, dass er Zähne zum Essen brauche.

Здавалося, вони казали йому, що йому потрібні зуби, щоб їсти.

"Ohne Zähne im Kiefer kann man gar nichts machen."

«Ти нічого не зможеш зробити, якщо твої щелепи беззубі».

„Ich möchte etwas essen", sagte Gregor ängstlich.

«Я б хотів щось з'їсти», — стурбовано сказав Грегор.

„Aber ich habe keinen Appetit auf das, was ihr alle esst."

«Але в мене немає апетиту до того, що ви всі їсте».

„Seht euch an, wie diese Mieter essen, und ich verhungere hier."

«Подивіться, ці постояльці їдять, а я тут помираю з голоду».

Gregor dachte an diesem Abend zufällig an die Geige.

Того вечора Грегор випадково подумав про скрипку.

Er hatte die Geige seit der Verwandlung nicht mehr gehört.

Він не чув скрипки з часу перетворення.

Doch dann, an diesem Abend, ertönte ein Geräusch aus der Küche.

Але потім, цього вечора, з кухні долинув якийсь звук.

Die Herren hatten ihr Abendessen bereits beendet.

Панове вже закінчили свою вечерю.

Der mittlere Herr hatte begonnen, eine Zeitung zu lesen.

Середній джентльмен почав читати газету.

Den beiden anderen Herren hatte er jeweils ein Blatt gegeben.

Він дав двом іншим джентльменам по аркушу.

Und nun lehnten sie sich zurück, lasen und rauchten.

А тепер вони відкинулися назад, читали та курили.

Als die Geige zu spielen begann, wurden sie aufmerksam.

Коли заграла скрипка, вони стали уважними.

Sie standen auf und gingen auf Zehenspitzen zur Tür des Vorzimmers.

Вони встали й навшпиньки підійшли до дверей передпокою.

Hier standen sie eng beieinander und lauschten an der Tür.

Тут вони стояли, тулячись одне до одного, і прислухалися
біля дверей.

Die Familie muss die Männer aus der Küche gehört haben.

Родина, мабуть, почула чоловіків з кухні.

Denn der Vater rief sie und fragte sie:

Бо батько покликав їх і спитав;

"Ist die Geige für die Herren vielleicht unbequem?"

«Можливо, скрипка незручна для панів?»

**„Wenn Ihnen die Musik nicht gefällt, können wir sofort
aufhören."**

«Якщо тобі не подобається музика, ми можемо негайно
зупинитися».

„Im Gegenteil", sagte der mittlere der beiden Herren.

«Навпаки», — сказав середній з джентльменів.

Möchte die junge Dame in unserem Zimmer Geige spielen?

"Чи не хотіла б молода леді зіграти на скрипці в нашій
кімнаті?"

„Hier ist es definitiv viel komfortabler und gemütlicher."

«Тут, безумовно, набагато комфортніше та затишніше».

Der Vater antwortete, als wäre er selbst der Geiger.

Батько відповів так, ніби він сам був скрипалем.

"Oh bitte, das wäre wunderbar", rief der Vater.

«О, будь ласка, це було б чудово», — вигукнув батько.

Die Herren kehrten ins Wohnzimmer zurück und warteten.

Джентльмени повернулися до вітальні та чекали.

**Bald darauf kam der Vater mit dem Notenständer ins
Zimmer.**

Невдовзі до кімнати зайшов батько з пюпитром.

Die Mutter kam mit dem Notenbuch ins Zimmer.

Мати зайшла до кімнати з нотною книгою.

Und die Schwester kam mit der Geige ins Zimmer.

І сестра зайшла до кімнати зі скрипкою.

Sie bereitete in aller Ruhe alles vor, um Geige zu spielen.

Вона спокійно все підготувала, щоб грати на скрипці.

Die Eltern übertrieben ihre Höflichkeit und ihr Benehmen.

Батьки перебільшували свою ввічливість та манери.

Sie hatten zuvor noch nie Zimmer an Untermieter vermietet.

Вони ніколи раніше не здавали кімнати мешканцям.
Und sie trauten sich nicht einmal, auf ihren eigenen Stühlen zu sitzen.
І вони навіть не наважувалися сісти на власні стільці.
Statt sich hinzusetzen, lehnte sich der Vater gegen die Tür.
Замість того, щоб сісти, батько прихилився до дверей.
Seine rechte Hand befand sich zwischen zwei Knöpfen seines Mantels.
Його права рука була між двома ґудзиками пальта.
Der Mutter wurde jedoch von einem Herrn ein Stuhl angeboten.
Однак матері якийсь джентльмен запропонував стілець.
Aber sie setzte sich an die Stelle, wo der Herr den Stuhl hingestellt hatte.
Але вона сіла туди, де пан поставив стілець.
Und er hatte den Stuhl nicht an einem bestimmten Ort aufgestellt.
І він не поставив стілець десь конкретно.
So saß die Mutter abseits von allen anderen in einer Ecke.
Тож мати сіла осторонь від усіх, у кутку.
Und schließlich begann die Schwester Geige zu spielen.
І нарешті сестра почала грати на скрипці.
Die Eltern auf den gegenüberliegenden Seiten beobachteten das Geschehen aufmerksam.
Батьки, які були з протилежних боків, пильно стежили за цим.
Und sie beobachteten jede Bewegung ihrer Hand genau.
І вони уважно стежили за кожним рухом її руки.
Gregor war auch vom Geigenspiel fasziniert.
Грегора також приваблювала гра на скрипці.
Und er wagte sich ein Stück weiter aus seinem Zimmer hinaus.
І він наважився вийти зі своєї кімнати трохи далі.
Er hatte den Kopf schon im Wohnzimmer.
Він уже був з головою у вітальні.
Er war stets sehr stolz darauf, besonders rücksichtsvoll zu sein.

Він колись дуже пишався своєю уважністю.

Doch in letzter Zeit hinterfragte er seine Nachlässigkeit kaum noch.

Але останнім часом він майже не ставив під сумнів свою неуважність.

Auch wenn er jetzt mehr Grund hatte, sich zu verstecken als zuvor.

Хоча зараз у нього було більше причин ховатися, ніж раніше.

Weil sein Zimmer mit Staub und allerlei Schmutz bedeckt war.

Бо його кімната була вкрита пилом та різним брудом.

Die geringste Bewegung wirbelte allerlei Schmutz auf.

Від найменшого руху здіймалася всіляка гидота.

Der ganze Dreck klebte an ihm: Staub, Haare, Essensreste.

Весь цей бруд прилип до нього: пил, волосся, залишки їжі.

Er hätte den Schmutz am Teppich abreiben können.

Він міг би потерти бруд об килим.

Das tat er mehrmals täglich.

Це було те, що він робив кілька разів на день.

Doch seine Gleichgültigkeit gegenüber allem war viel zu groß.

Але його байдужість до всього була надто великою.

Deshalb hatte er keine Angst, noch ein Stück weiterzugehen.

Тож він не боявся просунутися трохи далі.

Und er betrat den makellosen Wohnzimmerboden.

І він перейшов на бездоганну підлогу вітальні.

Doch niemand bemerkte ihn oder schenkte ihm Beachtung.

Однак ніхто його не помітив і не звернув на нього жодної уваги.

Die Familie war völlig in das Konzert vertieft.

Родина була повністю захоплена концертом.

Die Herren hingegen zogen sich zunächst zurück.

Панове ж спочатку відступили.

Und sie standen dicht hinter dem Notenständer der Schwester.

І вони стояли близько за пюпитром сестри.

Wenn sie hingesehen hätten, hätten sie die Noten sehen können.

Якби вони придивилися, то могли б побачити музичні ноти.

Dies hätte die Schwester natürlich beunruhigt.

Це, звичайно, непокоїло б сестру.

Dann blieben sie am Fenster stehen, anstatt sich hinzusetzen.

Тоді вони стали біля вікна, замість того, щоб сісти.

Mit den Händen in den Taschen redeten sie weiter.

Заклавши руки в кишені, вони продовжували говорити.

Sie blieben dort, während der Vater ängstlich zusah.

Вони залишилися там, поки батько стурбовано спостерігав.

Man hatte den Eindruck, dass sie andere Erwartungen hatten.

Складалося враження, що в них були інші очікування.

Und es schien wirklich so, als wären sie enttäuscht gewesen.

І справді здавалося, що вони розчарувалися.

Es schien, als hätten sie genug von der Vorstellung.

Здавалося, що їм вистачило виступу.

Sie hatten zugelassen, dass die Geige ihren Frieden störte.

Вони дозволили скрипці порушити їхній спокій.

Und sie tolerierten die Musik nur aus Höflichkeit.

І вони терпіли музику лише з ввічливості.

Besonders beunruhigend war, wie sie den Rauch wegbliesen.

Те, як вони здували дим, було особливо тривожним.

Und dennoch spielte sie so wunderschön Geige.

І все ж вона так чудово грала на скрипці.

Ihr Gesicht war leicht zur Seite geneigt, auf der Geige.

Її обличчя було м'яко нахилене набік, на скрипці.

Ihr Blick wanderte traurig die Notenlinien entlang.

Її очі сумно шукали по нотних рядках.

Gregor fühlte sich ein wenig mehr ins Wohnzimmer hineingezogen.

Грегора ніби трохи більше тягне до вітальні.

Er hielt den Kopf dicht am Boden, blickte aber nach oben.

Він тримав голову близько до землі, але дивився вгору.

Vielleicht würde sich so der Blick seiner Schwester mit seinem treffen.

Можливо, так погляд його сестри зустрінеться з його очима.

Kann man wirklich sagen, dass er nur ein Tier war?

Чи справді можна сказати, що він був просто твариною?

War er etwa ein Tier, wenn ihn Musik so fesseln konnte?

Хіба він був твариною, якщо музика могла так його захопити?

Er hatte das Gefühl, ihm sei ein Weg zu unbekannter Nahrung gezeigt worden.

Він відчував, ніби йому вказали шлях до невідомої їжі.

Vielleicht war dies die Nahrung, die ihm fehlte.

Можливо, це була та сама підтримка, якої йому бракувало.

Er war fest entschlossen, zu seiner Schwester zu gelangen.

Він був рішуче налаштований прокласти шлях до своєї сестри.

Er wollte an ihrem Rock zupfen, um ihre Aufmerksamkeit zu erregen.

Він хотів смикнути її за спідницю, щоб привернути її увагу.

Er wollte ihr eine Art Einladung signalisieren.

Він хотів натякнути їй на запрошення.

„Komm und spiel Geige in meinem Zimmer", wollte er sagen.

«Ходімо пограємо на скрипці в моїй кімнаті», – хотів він сказати.

Er wollte, dass sie für ihre wunderschöne Musik belohnt wird.

Він хотів, щоб її винагородили за її прекрасну музику.

"Niemand hier belohnt dich dafür, dass du Geige spielst."

«Ніхто тут не винагороджує тебе за гру на скрипці».

Er wollte sie nicht mehr aus seinem Zimmer lassen.

Він більше не хотів випускати її зі своєї кімнати.

Er wollte, dass sie so lange bei ihm blieb, wie er lebte.

Він хотів, щоб вона залишилася з ним до кінця його життя.

Zum ersten Mal hatte seine Verwandlung einen Vorteil.

Вперше його перетворення принесло користь.

Seine Missbildung würde ihm nun endlich noch von Nutzen sein.

Його каліцтво нарешті мало стати йому в пригоді.

Er wollte gleichzeitig an allen vier Türen sein.

Він хотів бути біля всіх чотирьох дверей одночасно.

Er wollte sie von allen Seiten anfauchen und anspucken.

Йому хотілося шипіти та плювати на них з усіх боків.

Seine Schwester sollte nicht gezwungen werden, bei ihm zu bleiben.

Його сестру не слід змушувати залишатися з ним.

Er wollte, dass sie sich freiwillig dafür entschied, bei ihm zu bleiben.

Він хотів, щоб вона добровільно вирішила залишитися з ним.

Sie wollte sich neben ihn setzen und sich zu ihm hinunterbeugen.

Вона збиралася сісти поруч із ним і нахилитись до нього.

Und er wollte ihr von der Musikschule erzählen.

І він збирався розповісти їй про музичну школу.

Er hatte die feste Absicht, sie auf die Akademie zu schicken.

Він мав твердий намір відправити її до академії.

Das hätte er allen schon letztes Weihnachten erzählt.

Він би всім розповів про це минулого Різдва.

War Weihnachten etwa schon wieder vorbei?

Невже Різдво справді вже настало і минуло?

Und er hätte sich von niemandem davon abbringen lassen.

І він би нікому не дозволив відмовити його від цього.

Doch dann setzte das Unglück allem ein Ende.

Але потім нещасний випадок усе зупинив.

Die Schwester wäre von ihren Gefühlen überwältigt gewesen.

Сестру переповнили б емоції.

Und dann wäre Gregor bis auf ihre Schulter geklettert.

А тоді Грегор виліз би їй на плече.

Und er hätte sie getröstet, indem er ihren Hals geküsst hätte.

І він би втішив її, поцілувавши в шию.

„Herr Samsa!", rief der Mann in der Mitte dem Vater zu.

«Пане Замза!» — гукнув чоловік посередині до батька.

Er zeigte mit dem Zeigefinger nach unten auf Gregor.

Він тицьнув вказівним пальцем униз на Грегора.

Gregor bewegte sich langsam über den Wohnzimmerboden.

Грегор повільно рухався по підлозі вітальні.

Das Geigenspiel verstummte sehr schnell.

Гра скрипки дуже швидко стихла.

Der mittlere der drei Männer lächelte seine Freunde an.

Середній з трьох чоловіків посміхнувся своїм друзям.

Dann schüttelte er den Kopf und blickte zurück zu Gregor.

Потім він похитав головою і знову подивився на Грегора.

**Der Vater hätte Gregor zurück in sein Zimmer schicken
können.**

Батько міг би силоміць загнати Грегора назад до його
кімнати.

**Das war jedoch nicht die erste Maßnahme, zu der er sich
entschloss.**

Але це був не перший вчинок, на який він зважився.

Er hielt es für wichtiger, die Herren zu beruhigen.

Він вважав, що важливіше заспокоїти джентльменів.

**Obwohl sie von Gregor eigentlich überhaupt nicht verärgert
waren.**

Хоча насправді вони зовсім не були засмученими
Грегором.

Gregor schien unterhaltsamer als das Geigenspiel.

Грегор здавався цікавішим, ніж гра на скрипці.

Er eilte mit ausgestreckten Armen auf sie zu.

Він кинувся до них з розпростертими руками.

Er gab sein Bestes, um ihren Blick auf Gregor zu verbergen.

Він щосили намагався приховати від них уявлення про
Грегора.

Und er versuchte, sie zur Rückkehr in ihr Zimmer zu bewegen.

І він спробував заохотити їх повернутися до своєї кімнати.

Das hat sie eher ein wenig verärgert.

Насправді це їх трохи роздратувало.

Es war aber schwer zu sagen, was genau sie störte.

Але важко було сказати, що саме їх дратувало.

Der Vater verdarb die abendliche Unterhaltung.

Батько псував усі розваги вечора.

Aber sie hatten auch gerade erst von ihrem neuen Mitbewohner erfahren.

Але вони також щойно дізналися про свого нового сусіда по квартирі.

Sie hoben die Hände, genau wie der Vater es getan hatte.

Вони підняли руки так само, як це зробив батько.

Sie verlangten vom Vater eine sofortige Erklärung.

Вони вимагали від батька негайного пояснення.

Sie zupften unruhig an ihren Bärten, um eine Antwort zu bekommen.

Вони неспокійно смикали свої бороди, шукаючи відповіді.

Und sie bewegten sich rückwärts in ihr Zimmer, aber sehr langsam.

І вони рушили заднім ходом до своєї кімнати, але дуже повільно.

Die Unterbrechung hatte die Schwester in eine Trance versetzt.

Це переривання ввело сестру в транс.

Sie ließ Geige und Bogen an ihrer Seite herabhängen.

Вона звісила скрипку та смичок збоку.

Und sie blickte auf die Notenblätter, als ob sie immer noch spielen würde.

І вона дивилася на ноти, ніби ще грали.

Doch dann zog sie sich plötzlich wieder ins Zimmer zurück.

Але потім вона раптово повернулася до кімнати.

Und sie hatte nun das Gefühl, verloren zu sein, überwunden.

І тепер вона подолала відчуття розгубленості.

Sie legte das Musikinstrument auf den Schoß ihrer Mutter.

Вона поклала музичний інструмент на коліна матері.

Die Mutter saß schwer atmend auf dem Stuhl.

Мати сиділа на стільці, важко дихаючи.

Und dann musste die Schwester ins Nebenzimmer rennen.

А потім сестрі довелося бігти до сусідньої кімнати.

Sie musste alles für die Herren vorbereiten.

Їй потрібно було все підготувати для джентльменів.

Sie warf die Decken und Kissen in die Luft.

Вона підкинула ковдри та подушки в повітря.

Und mit ihren geschickten Händen richtete sie die gesamte Bettwäsche her.

І своїми вмілими руками вона розставила всю постільну білизну.

Sie war schon fertig, bevor die Herren den Raum erreichten.

Вона закінчила, перш ніж джентльмени дійшли до кімнати.

Und sie verschwand, bevor sie ihnen in die Quere kam.

І вона вислизнула, перш ніж стала їм на заваді.

Der Vater schien von seiner eigenen Sturheit beherrscht zu sein.

Здавалося, що батько був охоплений власною впертістю.

Und so vergaß er jeglichen Respekt, den er seinen Mietern schuldete.

І тому він забув про всю повагу, яку був зобов'язаний своїм орендарям.

Er drängte und drängte, bis deren Sprecher Einspruch erhob.

Він штовхався і штовхався, доки їхній речник не заперечив.

Als er die Tür erreichte, stampfte er wütend mit dem Fuß auf.

Він сердито тупнув ногою, коли підійшов до дверей.

Und damit brachte er den Vater zum Schweigen.

І цим він довів батька в глухий кут.

„Hiermit erkläre ich", begann er sich an seinen Vermieter zu wenden.

«Цим я заявляю», – почав він звертатися до свого орендодавця.

Und er hob die Hand und blickte die ganze Familie an.

І він підняв руку, дивлячись на всю родину.

„Hinsichtlich der widerlichen Zustände im Zimmer;"

«Щодо огидних умов у кімнаті;»

Und er sorgte dafür, dass alle seinen Worten zuhörten.

І він подбав про те, щоб усі слухали його слова.

"Hiermit kündige ich meinen Auszug aus meinem Zimmer."

«Цим я повідомляю про звільнення своєї кімнати.»

Und er unterstrich seine Aussage zusätzlich, indem er auf den Boden spuckte.

І він ще раз підтвердив свою думку, плюнувши на землю.

„Auch die Tage, die ich hier gelebt habe, werde ich nicht bezahlen."

«Я також не заплачу за ті дні, що прожив тут».

Mit dieser Rückerstattung war er allerdings nicht ganz zufrieden.

Однак він не був повністю задоволений цим відшкодуванням.

„Und ich werde erwägen, weitere Forderungen an Sie zu stellen."

«І я розгляну можливість висунення до вас інших вимог».

„Glauben Sie mir, solche Forderungen lassen sich sehr leicht rechtfertigen."

«Повірте, такі вимоги буде дуже легко виправдати».

Er schwieg und blickte den Vater direkt an.

Він мовчав і дивився прямо перед собою на батька.

Er schien zu erwarten, dass noch etwas passieren würde.

Здавалося, він очікував чогось більшого.

Tatsächlich hatten seine beiden Freunde sofort die gleiche Idee.

Власне, у його двох друзів одразу ж виникла та сама ідея.

„Wir stornieren auch unsere Zimmer", sagten sie unisono.

«Ми також скасовуємо наші номери», – сказали вони хором.

Dann packte er den Türgriff und schloss die Tür.

Потім він схопився за дверну ручку та зачинив двері.

Und mit einem lauten Knall schlossen sie sich in ihrem Zimmer ein.

І з гучним гуркотом вони зачинилися у своїй кімнаті.

Der Vater taumelte mit tastenden Händen zu seinem Stuhl.

Батько похитуючись, підійшов до свого стільця, намацуючи руки.

Und er ließ sich besiegt in den Stuhl fallen.

І він, розбитий, дозволив собі впасти на стілець.

Es sah so aus, als ob er seinen üblichen Abendschlaf halten würde.

Здавалося, що він збирався подрімати, як завжди, ввечері.

Sein Kopf nickte jedoch fast so, als ob er nicht gestützt würde.

Але його голова кивнула, ніби її не було підперто.

Und man konnte sehen, dass er überhaupt nicht schlief.

І було видно, що він зовсім не спав.

Während all dem hatte Gregor sich nicht von der Stelle gerührt.

Весь цей час Грегор не рухався з місця.

Er befand sich noch immer an der Stelle, wo die Herren ihn zuerst gesehen hatten.

Він все ще був там, де його вперше побачили джентльмени.

Selbst wenn er umziehen wollte, fand er es unmöglich.

Навіть якби він хотів переїхати, він вважав це неможливим.

Entweder aus Enttäuschung oder aus Hunger.

Через його розчарування, або через його голод.

Er war enttäuscht über das Scheitern seines Plans.

Він був розчарований провалом свого плану.

Und er war geschwächt von dem anhaltenden Hunger, den er verspürte.

І він був слабкий від тривалого голоду, який відчував.

Er war sich sicher, dass sich jeden Moment alle gegen ihn wenden würden.

Він був упевнений, що всі будь-якої миті обернуться проти нього.

**In Erwartung des unmittelbar bevorstehenden
Zusammenbruchs wartete er.**

З цим очікуванням неминучого краху він чекав.

Die Geige begann vom Schoß der Mutter zu rutschen.

Скрипка почала зісковзувати з колін матері.

**Mit einem ohrenbetäubenden Geräusch fiel die Geige zu
Boden.**

З гучним звуком скрипка впала на землю.

**Doch selbst dieses plötzliche Krachen ließ ihn nicht
erschrecken.**

Але навіть цей раптовий гуркіт його не налякав.

**„Liebe Eltern", sagte die Schwester, „so kann es nicht
weitergehen."**

«Дорогі батьки, — сказала сестра, — так тривати не може».

**Und um ihrer Aussage Nachdruck zu verleihen, schlug sie
mit der Hand auf den Tisch.**

І вона ляснула рукою по столу, щоб підкреслити свою
думку.

**"Ich werde den Namen meines Bruders vor diesem Monster
nicht aussprechen."**

«Я не скажу імені свого брата перед цим чудовиськом».

„Deshalb sage ich es so deutlich wie möglich:"

«Ось чому я кажу це якомога прямолінійніше:»

**„Uns bleibt keine andere Wahl, als dieses Tier
loszuwerden."**

«У нас немає іншого вибору, окрім як позбутися цієї
тварини».

**„Wir haben unser Bestes getan, um dieses Tier zu tolerieren
und zu pflegen."**

«Ми зробили все можливе, щоб терпіти цю тварину та
піклуватися про неї».

**„Ich glaube nicht, dass uns irgendjemand auch nur im
Geringsten die Schuld geben kann."**

«Я не думаю, що хтось може нас хоч трохи звинуватити».

„Sie hat tausendfach Recht", stimmte der Vater zu.

«Вона має тисячу разів рацію», – погодився батько.

Die Mutter hatte noch immer nicht wieder richtig Luft bekommen.

Мати ще не встигла повністю віддихатися.

Sie begann dumpf in ihre Hand zu husten und atmete schwer.

Вона почала глухо кашляти в руку, важко дихаючи.

Und in ihren Augen begann sich ein wahnsinniger Ausdruck abzuzeichnen.

І в її очах почав з'являтися божевільний вираз.

Die Schwester eilte zu ihrer Mutter und hielt sich die Stirn.

Сестра кинулася до матері та схопилася за чоло.

Der Vater schien von den Worten der Schwester inspiriert zu sein.

Батька ніби надихнули слова сестри.

Und seine Gedanken schienen klarer als zuvor.

І його думки здалися яснішими, ніж раніше.

Er hörte auf, mit dem Kopf zu nicken, und setzte sich wieder aufrecht hin.

Він перестав кивати головою та знову випростався.

Und er spielte, in tiefes Nachdenken versunken, mit der Mütze seines Dieners.

І він грався ковпаком свого слуги, заглиблений у роздуми.

Die Teller der Mieter standen noch auf dem Tisch.

Тарілки від орендарів все ще були на столі.

Und manchmal blickte er zu dem schweigenden Gregor hinüber.

І він іноді дивився на мовчазного Грегора.

„Wir müssen versuchen, es loszuwerden", sagte die Schwester zu ihm.

«Ми повинні спробувати позбутися цього», – сказала йому сестра.

Die Mutter war zu sehr mit Husten beschäftigt, um zuzuhören.

Мати була надто зайнята кашлем, щоб слухати.

„Das wird euch beide umbringen, ich sehe es schon kommen."

«Це вб'є вас обох, я вже бачу, як це станеться».

„Wir können nicht alle weiterhin so hart arbeiten wie bisher."

«Ми не можемо всі продовжувати так наполегливо працювати, як працюємо».

„Und jeden Tag müssen wir nach Hause kommen und diese Qualen erleiden."

«І щодня нам доводиться повертатися додому, щоб зазнати цих тортур».

„Wir können das nicht mehr ertragen. Ich kann das nicht mehr ertragen."

«Ми більше не можемо цього терпіти. Я не можу цього терпіти».

In einem letzten Tränenausbruch sank sie ihrer Mutter in die Arme.

Вона впала до матері в останній сльози.

Die Tränen rannen ihr über das Gesicht und auf das ihrer Mutter.

Сльози падали по її обличчю та на обличчя її матері.

Und mit einer mechanischen Bewegung wischte sie sich die Tränen weg.

І вона механічним рухом витерла сльози.

„Mein Kind", sagte der Vater mitfühlend.

«Дитино моя», — сказав батько співчутливим голосом.

In seiner Stimme lag tiefes Mitgefühl und Verständnis.

У його голосі чулися глибоке співчуття та розуміння.

„Aber was sollen wir tun?", gestand er und gab zu, es nicht zu wissen.

«Але що ж нам робити?» — зізнався він, що не знає.

Die Schwester zuckte nur hilflos mit den Schultern.

Сестра лише безпорадно знизала плечима.

Und ihr anfängliches Selbstvertrauen wich erneut Tränen.

І її колишня впевненість знову змінилася сльозами.

„Wenn er uns doch nur verstehen würde", sagte der Vater laut.

«Якби ж він нас розумів», — промовив батько вголос.

Und er fragte sich halb, ob Gregor es vielleicht verstanden hatte.

І він майже сумнівався, чи, можливо, Грегор зрозумів.

Die Schwester schüttelte unter Tränen heftig die Hand.

Сестра лише сильно потиснула їй руку, плачучи.

Und so signalisierte sie, dass man diese Idee gar nicht erst in Erwägung ziehen sollte.

І тому вона дала зрозуміти, що про цю ідею не варто думати.

„Aber wenn er uns doch nur verstehen würde", wiederholte der Vater.

«Але якби ж він нас зрозумів», — повторив батько.

Er schloss die Augen und dachte über die Antwort seiner Schwester nach.

Заплющивши очі, він обміркував відповідь сестри.

"Wenn er verstünde, dass eine Vereinbarung mit ihm getroffen werden könnte."

«Якби він зрозумів, з ним можна було б домовитися».

„Aber unter den gegebenen Umständen…"

«Але з огляду на те, що все так, як є...»

„Es muss weg!", rief die Schwester, „es ist der einzige Weg."

«Треба піти!» — вигукнула сестра, — «це єдиний вихід».

„Du musst den Gedanken loswerden, dass es Gregor ist."

«Тобі треба позбутися думки, що це Грегор».

„Dass wir das so lange geglaubt haben, ist unser eigentliches Unglück."

«Те, що ми так довго в це вірили, — це наше справжнє нещастя».

„Aber wie kann es Gregor sein?", fragte sie ihren Vater.

«Але як це може бути Грегор?» — спитала вона батька.

„Er wusste, dass ein solches Tier nicht mit Menschen zusammenleben kann."

«Він знав, що така тварина не може співіснувати з людьми».

„Gregor hätte uns schon längst freiwillig verlassen."

«Грегор давно б пішов від нас добровільно».

„Das stimmt, dann hätten wir keinen Bruder mehr."

«Це правда, тоді б у нас не було брата».

„Aber wir könnten weiterleben und sein Andenken ehren."

«Але ми могли б продовжувати жити та шанувати його пам'ять».

„Aber dieses Ungeheuer verfolgt uns und vertreibt unsere Pächter."

«Але цей звір переслідує нас і проганяє наших орендарів».

„Es will ganz offensichtlich die ganze Wohnung in Besitz nehmen."

«Воно, очевидно, хоче захопити всю квартиру».

„Dieses Biest will, dass wir auf der Straße schlafen."

«Цей звір хоче змусити нас спати на вулиці».

"Schau, Vater", rief sie plötzlich, "er bewegt sich schon wieder!"

«Дивіться, тату», — раптом вигукнула вона, — «він знову рухається!»

Und sie tat etwas, das selbst Gregor nicht verstehen konnte.

І вона зробила те, чого навіть Грегор не міг зрозуміти.

Sie stieß sich von sich selbst ab, als wolle sie die Mutter opfern.

Вона відштовхнулася, ніби приносячи матір у жертву.

Und sie rannte hinter ihrem Vater her, um sich in Sicherheit zu bringen.

І вона бігла за батьком, щоб якось захиститися.

Der Vater war nur deshalb so aufgebracht, weil seine Tochter es war.

Батько був схвильований лише тому, що його донька була схвильована.

Doch dann stand auch er auf und hob die Arme über sie.

Але потім він також встав і підняв над нею руки.

Gregor hatte jedoch keinerlei Absicht gehabt, irgendjemanden zu erschrecken.

Але Грегор не мав наміру нікого лякати.

Er hatte insbesondere nicht die Absicht, seine Schwester zu erschrecken.

Він особливо не думав лякати свою сестру.

Er wollte sich gerade umdrehen und zurück in sein Zimmer gehen.

Він просто намагався повернутися до своєї кімнати.

Doch in seinem sich verschlechternden Zustand war selbst das schwierig.

Але за його погіршення стану навіть це було важко.

Und er konnte seine Beine nicht mehr vollumfänglich nutzen.

І він більше не міг повноцінно використовувати всі свої ноги.

Also benutzte er seinen Kopf, um seinen Körper anzuheben und sich umzudrehen.

Тож він використав голову, щоб підняти своє тіло та повернутись.

Er hielt inne und suchte in der Familie nach deren Zustimmung.

Він замовк і озирнувся навколо, чекаючи схвалення родини.

Seine guten Absichten schienen erkannt worden zu sein.

Здавалося, що його добрий намір був помічений.

Seine Bewegung hatte sie nur kurzzeitig erschreckt.

Його рух був для них лише миттєвим шоком.

Nun blickten sie ihn alle in unglücklichem Schweigen an.

Тепер усі дивилися на нього в невтішній мовчанці.

Die Mutter lag noch immer erschöpft im Sessel.

Мати все ще лежала в кріслі, виснажена.

Vater und Schwester saßen nebeneinander.

Батько та сестра сиділи поруч.

»Vielleicht lassen sie mich jetzt umdrehen«, dachte Gregor.

«Можливо, тепер мені дозволять розвернутися», — подумав Ґреґор.

Und er setzte seine unbeholfene Drehbewegung fort.

І він продовжував робити свій незграбний поворотний рух.

Er konnte die gelegentlichen Atemzüge der Anstrengung nicht unterdrücken.

Він не міг стримати час від часу здригаючись від напруги.

Und er war gezwungen, zwischendurch ein paar Mal Pausen einzulegen.

І він був змушений кілька разів відпочивати між ними.

Niemand drängte ihn jetzt zur Eile; es lag ganz bei ihm.

Ніхто не змушував його поспішати; все залишалося на його розсуд.

Schließlich vollendete er die langsame und schmerzhafte Drehung.

Зрештою він завершив повільний і болісний поворот.

Er machte sich sofort auf den Weg zurück in sein Zimmer.

Він одразу ж почав йти прямо до своєї кімнати.

Er war erstaunt darüber, wie weit er von seinem Zimmer entfernt war.

Він був вражений тим, як далеко він опинився від своєї кімнати.

Wie war er trotz seiner Schwäche zuvor dorthin gelangt?

Як, попри свою слабкість, він опинився там раніше?

Er war fast denselben Weg gegangen, ohne es zu bemerken.

Він пройшов майже тим самим шляхом, навіть не помітивши цього.

Er konzentrierte sich jetzt nur noch darauf, so schnell wie möglich zu krabbeln.

Він просто зосередився на тому, щоб повзти якомога швидше.

Das Ausbleiben von Kommentaren störte ihn nicht.

Відсутність коментарів від когось його не турбувала.

Erst als er schon in der Tür war, drehte er den Kopf.

Тільки коли він уже був у дверях, він повернув голову.

Aber er konnte sich nicht vollständig umdrehen und zurückblicken.

Але він не зміг обернутися, щоб повністю озирнутися назад.

Denn er spürte, wie sich sein Nacken beim Umdrehen noch mehr versteifte.

Бо він відчув, як його шия ще більше заціпеніла, коли він повернувся.

Doch er sah, dass sich hinter ihm ohnehin nichts verändert hatte.

Але він бачив, що позаду нього все одно нічого не змінилося.

Der einzige Unterschied war, dass seine Schwester aufgestanden war.

Єдина відмінність полягала в тому, що його сестра встала.

Sein letzter Blick verriet ihm, dass seine Mutter eingeschlafen war.

Його останній погляд показав, що мати заснула.

Sobald er in seinem Zimmer war, wurde die Tür geschlossen.

Щойно він опинився у своїй кімнаті, двері зачинилися.

Und sobald die Tür geschlossen war, wurde der Schrank verriegelt.

І щойно двері зачинилися, замок замкнули.

Gregor erschrak über das unerwartete Geräusch hinter ihm.

Грегора налякав неочікуваний шум позаду.

Und vor lauter Überraschung knickten seine Beine unter ihm ein.

І ноги підкосилися від раптової несподіванки.

Es war seine Schwester, die hinter ihm zur Tür geeilt war.

Це була сестра, яка кинулася до дверей за ним.

Sie stand bereits aufrecht da und wartete auf ihn.

Вона вже стояла там прямо і чекала на нього.

Dann machte sie einen leichten Sprung nach vorn, ohne dass Gregor es hörte.

Потім вона легко стрибнула вперед, і Грегор її не почув.

"Endlich!", rief sie laut, als sie den Schlüssel umdrehte.

«Нарешті!» — гукнула вона вголос, повертаючи ключ.

„Was nun?", fragte sich Gregor, allein in der Dunkelheit.

«Що ж тепер?» — запитав себе Грегор, сам у темряві.

Er merkte bald, dass er sich überhaupt nicht mehr bewegen konnte.

Невдовзі він зрозумів, що взагалі не може рухатися.

Doch seine Unbeweglichkeit überraschte ihn nicht wirklich.

Але його насправді не здивувала його нерухомість.

Sich auf so dünnen Beinen fortbewegen zu können, erschien lächerlich.

Здатність пересуватися на таких тонких ногах здавалася смішною.

Er wusste nicht, wie ihm das jemals gelungen war.

Він не знав, як йому це взагалі вдавалося.

Abgesehen davon fühlte er sich aber relativ wohl.

Але крім цього, він почувався відносно комфортно.

Es stimmt, dass er am ganzen Körper tiefe Schmerzen verspürte.

Це правда, що він відчував сильний біль у всьому тілі.

Doch der Schmerz schien immer schwächer zu werden.

Але біль, здавалося, ставав дедалі слабшим.

Und er hatte das Gefühl, der Schmerz würde irgendwann verschwinden.

І він відчував, що біль нарешті зникне.

Er spürte den faulen Apfel in seinem Rücken kaum noch.

Він уже майже не відчував гнилого яблука в спині.

Er dachte mit Rührung und Liebe an seine Familie zurück.

Він згадував свою родину з емоціями та любов'ю.

Er spürte die Gefühle seiner Schwester noch stärker als sie selbst.

Він відчував емоції сестри навіть більше, ніж вона сама.

Sie hatte Recht mit dem, was sie gesagt hatte; er musste gehen.

Вона мала рацію в своїх словах: він мав піти.

Er verbrachte einige Zeit in diesem leeren und friedlichen Zustand.

Він провів деякий час у цьому порожньому та мирному стані.

Die Uhr schlug dreimal, leise, aber bestimmt.

Годинник пробив тричі, тихо, але твердо.

Gregor wurde sanft aus seinen Betrachtungen gerissen.

Грегора обережно вирвали з його роздумів.

Er beobachtete, wie das Morgenlicht langsam in sein Zimmer drang.

Він спостерігав, як ранкове світло повільно проникає в його кімнату.

Dann sank sein Kopf völlig nach unten, ohne dass er es wollte.

Потім його голова мимоволі повністю опустилася.

Und sein letzter Atemzug entwich schwach aus seinen Nasenlöchern.

І останній подих слабо вирвався з його ніздрів.

Das Dienstmädchen kam früh am Morgen in sein Zimmer.

Покоївка зайшла до його кімнати рано-вранці.

Bei ihrem üblichen kurzen Besuch fand sie nichts Ungewöhnliches vor.

Під час свого звичайного короткого візиту вона не виявила нічого незвичайного.

Aus Kraft und in Eile knallte sie alle Türen zu.

Зі знесилою та поспіхом вона грюкнула всіма дверима.

An ruhigen Schlaf war in der gesamten Wohnung nicht zu denken.

Спокійно спати в усій квартирі було неможливо.

Sie war gebeten worden, dies morgens zu vermeiden.

Її попросили не робити цього вранці.

Sie glaubte, er läge absichtlich so regungslos da.

Вона думала, що він навмисно лежить так нерухомо.

Vielleicht wollte er ihr zeigen, dass er beleidigt war.

Можливо, він хотів показати їй, що образився.

Sie vertraute darauf, dass er über alle Arten von Intelligenz verfügte.

Вона довіряла йому, що він має всілякі інтелекти.

Sie hielt zufällig den langen Besen in der Hand.

Випадково вона тримала в руці довгу мітлу.

Also versuchte sie von der Tür aus, Gregor ein wenig zu kitzeln.

Тож, стоячи біля дверей, вона спробувала трохи полоскотати Грегора.

Sie war etwas verärgert darüber, dass er überhaupt nicht reagierte.

Її трохи розлютило, що він взагалі не відповів.

Deshalb stieß sie ihn diesmal etwas energischer an.

Тож цього разу вона штовхнула його трохи міцніше.

Als er keinen Widerstand leistete, sah sie genauer hin.

Коли він не вчинив жодного опору, вона придивилася уважніше.

Bald begriff sie, was Gregor wirklich zugestoßen war.

Невдовзі вона зрозуміла, що насправді сталося з Грегором.

Sie öffnete die Augen noch weiter und pfiff vor sich hin.

Вона ширше розплющила очі й свиснула собі під ніс.

Doch sie zögerte nicht lange, bevor sie die Tür öffnete.

Але вона не гаяла багато часу, перш ніж відчинити двері.

Und sie rief mit lauter Stimme in die Dunkelheit:

І вона гучним голосом вигукнула в темряву:

"Komm und sieh es dir an, da liegt es, völlig tot."

«Ходімо та погляньте, ось воно лежить, зовсім мертве».

Die beiden Eltern saßen aufrecht in ihrem Ehebett.

Батьки сиділи прямо у своєму подружньому ліжку.

Zuerst mussten sie den Lärmschock überwinden.

Спочатку їм довелося подолати шок від шуму.

Doch dann begannen sie langsam, ihre Botschaft zu verstehen.

Але потім вони поступово почали розуміти її послання.

Herr und Frau Samsa sprangen jeweils von ihrer Seite des Bettes.

Пан і пані Замза вистрибнули кожен зі свого боку ліжка.

Herr Samsa warf sich die dicke Decke über die Schultern.

Пан Замза накинув на плечі товсту ковдру.

Und Frau Samsa kam nur im Nachthemd heraus.

І пані Замза вийшла лише в нічній сорочці.

Und so gelangten sie in Gregors Zimmer.

І так вони увійшли до кімнати Грегора.

Inzwischen hatte sich auch die Tür zum Wohnzimmer geöffnet.

Тим часом двері до вітальні також відчинилися.

Grete hatte dort geschlafen, seit die Mieter eingezogen waren.

Грета спала там відтоді, як мешканці переїхали.

Sie war vollständig angezogen, als hätte sie überhaupt nicht geschlafen.

Вона була повністю одягнена, ніби зовсім не спала.

Ihr blasses Gesicht schien ebenfalls ihren Schlafmangel zu beweisen.

Її бліде обличчя також ніби свідчило про брак сну.

„Er ist tot?", fragte Frau Samsa und blickte die Magd an.

«Він мертвий?» — спитала пані Замза, дивлячись на покоївку.

Das hätte sie selbst überprüfen können, indem sie ihn angesehen hätte.

Вона могла б переконатися в цьому, подивившись на нього сама.

„Ich glaube schon", sagte das Dienstmädchen und hob den Besen auf.

— Гадаю, що так, — сказала служниця, піднімаючи віник.

Und sie schob seinen Körper ein langes Stück über den Boden.

І вона довго штовхала його тіло по підлозі.

Frau Samsa machte eine Bewegung, als wolle sie sie aufhalten.

Пані Замза зробила рух, ніби хотіла її зупинити.

Doch am Ende ließ sie das Dienstmädchen Gregor herumschieben.

Але зрештою вона дозволила покоївці повозити Грегора.

„Nun", sagte Herr Samsa, „endlich können wir Gott danken."

«Ну що ж, — сказав пан Замза, — нарешті ми можемо подякувати Богові».

Er bekreuzigte sich; Kopf, Brust, Schultern.

Він перехрестився: головою, грудьми, плечима.

Und die drei Frauen folgten seinem religiösen Beispiel.

І три жінки наслідували його релігійний приклад.

Grete, die den Blick nicht von der Leiche abwandte, sagte:

Грета, не відводячи очей від трупа, сказала:

„Seht nur, wie dünn er war! Er hat so lange nichts gegessen."

«Подивись, який він схуд, він так давно не їв».

„Das Futter, das ich ihm jeden Morgen hinstellte, war immer unberührt."

«Їжа, яку я залишав йому щоранку, завжди була недоторканою».

Tatsächlich war Gregors Körper völlig flach und trocken.

Насправді тіло Грегора було абсолютно плоским і сухим.

Dies war nun, da er am Boden lag, deutlicher zu erkennen.

Це було помітніше тепер, коли він був на землі.

Weil sein Körper nicht mehr von seinen Beinen hochgehalten wurde.

Бо його тіло більше не могло триматися на ногах.

Und weil es nichts anderes gab, was die Aussicht beeinträchtigte.

А тому що більше нічого не відволікало погляд.

„Komm doch für eine Weile mit uns herein, Grete", sagte Frau Samsa.

«Ходімо до нас на хвилинку, Грето», — сказала пані Замза.

Während sie sprach, lag ein gequältes Lächeln auf ihren Lippen.

На її губах грала болісна посмішка, коли вона говорила.

Grete folgte ihnen, blickte aber auch immer wieder zurück auf die Leiche.

Грета пішла за ними, але також озирнулася на труп.

Das Dienstmädchen schloss die Tür und öffnete das Fenster ganz.

Покоївка зачинила двері та повністю відчинила вікно.

Es war noch früh, daher wäre die Luft normalerweise kalt.

Було ще рано, тож повітря зазвичай мало бути холодним.

Doch in der kalten Luft lag auch ein Hauch von Wärme.

Але в холодному повітрі також відчувалася тепла.

Wie eine sanfte Erinnerung daran, dass es nun Ende März war.

Як м'яке нагадування про те, що вже кінець березня.

Die drei Mieter verließen nun ebenfalls ihr Zimmer.

Троє мешканців також вийшли зі своєї кімнати.

Sie schauten sich staunend nach ihrem Frühstück um.

Вони з подивом озирнулися навколо, чекаючи на свій сніданок.

Das Frühstück wurde vergessen, wegen dem, was das Dienstmädchen gefunden hatte.

Через те, що знайшла покоївка, про сніданок забули.

„Wo gibt es Frühstück?", grummelte der mittlere Herr.

«Де сніданок?» — пробурмотів середній джентльмен.

Das Dienstmädchen legte den Finger an den Mund, um Ruhe zu gebieten.

Покоївка приклала палець до рота, наказуючи тишу.

Und sie winkte den Herren hastig und stumm zu.

І вона поспішно й мовчки помахала панам.

Das Dienstmädchen geleitete die drei Herren in den Raum.

Покоївка провела трьох джентльменів до кімнати.

Und sie erklärte ihnen weiterhin, was geschehen war.

І вона продовжувала пояснювати їм, що сталося.

Und die drei Herren standen um Gregors Leichnam herum.

А троє панів стояли навколо тіла Грегора.

Mit den Händen in den Taschen blickten sie nach unten.

Заклавши руки в кишені, вони дивилися вниз.

Das Morgenlicht hatte den Raum nun vollständig durchflutet.

Ранкове світло вже повністю залило кімнату.

Dann öffnete sich die Schlafzimmertür und Herr Samsa erschien.

Потім двері спальні відчинилися, і з'явився пан Замза.

Auf der einen Seite saß seine Frau, auf der anderen seine Tochter.

З одного боку була його дружина, а з іншого — донька.

Herr Samsa trug inzwischen bereits seine Uniform.

Пан Замза вже був у формі.

Man konnte sehen, dass sie alle ein bisschen geweint hatten.

Було видно, що всі вони трохи плакали.

Grete drückte ihr Gesicht an den Arm ihres Vaters.

Грета притиснулася обличчям до руки батька.

„Verlassen Sie sofort meine Wohnung!", befahl Herr Samsa.

«Негайно залиште мою квартиру!» — наказав пан Замза.

Und er deutete auf die Tür, ohne die Frauen gehen zu lassen.

І він показав на двері, не відпускаючи жінок.

„Was meinen Sie damit?", fragte der Mittelsmann verunsichert.

«Що ви маєте на увазі?» — збентежено спитав посередник.

Und er gab sich alle Mühe, Herrn Samsa freundlich anzulächeln.

І він щосили намагався солодко посміхнутися пану Замзі.

Die anderen beiden hielten ihre Hände hinter dem Rücken.

Двоє інших тримали руки за спиною.

Und sie rieben sich erwartungsvoll die Hände.

І вони потирали руки в передчутті.

Offenbar erwarteten sie einen lauten Streit.

Здавалося, вони очікували гучної сварки.

Aber sie schienen sich auf die bevorstehende Auseinandersetzung zu freuen.

Але вони, здавалося, були раді майбутній суперечці.

Sie dachten, der Streit würde zu ihren Gunsten ausgehen.

Вони думали, що суперечка буде на їхню користь.

„Ich meine genau das, was ich eben gesagt habe", antwortete Herr Samsa.

«Я маю на увазі саме те, що щойно сказав», – відповів пан Замза.

Er ging mit seinen beiden Begleitern in einer geraden Linie.

Він йшов по прямій лінії зі своїми двома супутниками.

Und Herr Samsa ging direkt auf ihren Anführer zu.

І пан Замза безпосередньо звернувся до їхнього провідного джентльмена.

Der Herr blieb zunächst stehen und blickte zu Boden.

Джентльмен спочатку зупинився, дивлячись у землю.

Die Gedanken in seinem Kopf waren noch im Wandel.

Вміст його голови все ще впорядковувався.

"Gut, dann gehen wir", sagte er und blickte zu Herrn Samsa auf.

«Добре, ми підемо», — сказав він і подивився на пана Замзу.

Eine neue Demut schien ihn plötzlich ergriffen zu haben.

Здавалося, його раптово охопила нова смиренність.

Und er schien um Erlaubnis für diese Entscheidung zu bitten.

І він ніби просив дозволу на це рішення.

Herr Samsa öffnete die Augen weit und nickte leicht.

Пан Замза широко розплющив очі та злегка кивнув.

Die Herren folgten seinem Befehl unverzüglich.

Панове негайно виконали його наказ.

Und sie machten tatsächlich große Schritte in den Flur hinein.

І вони справді зробили довгі кроки в коридор.

Seine Freunde hatten bereits aufgehört, sich die Hände zu reiben.

Його друзі вже перестали потирати руки.

Sie hatten mitgehört, wie das Gespräch verlaufen war.

Вони слухали, як проходила розмова.

Und nun rannten sie ihm nach, als ob sie Angst hätten.

І вони тепер бігли за ним, ніби злякавшись.

Es ist möglich, dass Herr Samsa sie immer noch von ihrem Anführer isoliert.

Пан Замза все ще може ізолювати їх від їхнього лідера.

Sie zogen ihre Stöcke aus dem Stöckebehälter.

Вони витягли свої палички з контейнера для паличок.

Und sie verbeugten sich schweigend, bevor sie die Wohnung verließen.

І вони мовчки вклонилися, перш ніж вийти з квартири.

Herr Samsa und die beiden Frauen traten aus dem Vorplatz.

Пан Замза та дві жінки вийшли на передній двір.

Aber eigentlich hatten sie keinen Grund, den Männern zu misstrauen.

Але насправді у них не було причин не довіряти чоловікам.

Sie lehnten sich ans Geländer, um zu überprüfen, ob sie weg waren.

Вони сперлися на перила, щоб перевірити, чи ті вже пішли.

Die drei Herren kamen tatsächlich die Treppe herunter.

Троє джентльменів справді спускалися сходами.

In einer bestimmten Kurve der Treppe verschwanden sie.

За певним поворотом сходів вони зникли.

Und dann brachte die Treppe sie wieder in Sichtweite.

А потім сходи знову повернули їх у поле зору.

Dieses Erscheinen und Verschwinden wiederholte sich auf jeder Etage.

Це з'явлення та зникнення повторювалося на кожному поверсі.

Doch schließlich waren sie fast am Ziel.

Але зрештою вони майже дісталися дна.

Je weiter sie gingen, desto uninteressanter wurden sie.

Чим далі вони йшли, тим менш цікавими вони ставали.

Alle kehrten erleichtert ins Haus zurück.

Усі повернулися додому, ніби відчуваючи полегшення.

Sie beschlossen, den Tag zum Ausruhen und für einen Spaziergang zu nutzen.

Вони вирішили використати цей день, щоб відпочити та прогулятися.

Sie waren der Meinung, dass sie sich diese Auszeit von ihrer Arbeit verdient hatten.

Вони вважали, що заслужили на цю перерву в роботі.

Sie hatten diese Auszeit nicht nur verdient, sie brauchten sie auch.

Вони не лише заслуговували на цю перерву, вони її потребували.

Sie setzten sich an den Tisch, um Entschuldigungsbriefe zu schreiben.

Вони сіли за стіл, щоб написати листи з вибаченнями.

Herr Samsa verfasste seinen Entschuldigungsbrief an die Geschäftsleitung.

Пан Замса написав листа з вибаченнями своєму керівництву.

Frau Samsa schrieb ihren Entschuldigungsbrief an ihre Kunden.

Пані Замза написала листа з вибаченнями своїм клієнтам.

Und Grete schrieb ihren Entschuldigungsbrief an ihren Schulleiter.

І Грета написала листа з вибаченнями своєму директору.

Während alle schrieben, kam das Dienstmädchen ins Zimmer.

Поки вони всі писали, до кімнати зайшла покоївка.

Ihre Arbeit am Vormittag war erledigt, also ging sie nach Hause.

Її ранкова робота була закінчена, тож вона збиралася додому.

Die drei Schriftsteller nickten zunächst, ohne aufzusehen.

Троє письменників спочатку кивнули, не підводячи очей.

Das Dienstmädchen schien aber noch nicht gehen zu wollen.

Але покоївка, здавалося, ще не хотіла йти.

Sie wartete einen Moment, bis die drei Schriftsteller aufblickten.

Вона трохи зачекала, поки троє письменників підвели погляди.

„Na?", fragte Herr Samsa verärgert, genau wie die anderen.

«Ну?» — спитав пан Замза, розгніваний, як і інші.

Das Dienstmädchen stand mit einem Lächeln im Gesicht in der Tür.

Покоївка стояла у дверях з посмішкою на обличчі.

Sie erweckte den Eindruck, gute Neuigkeiten zu verkünden zu haben.

Вона справляла враження, що має повідомити добрі новини.

Aber sie würde die Neuigkeit nicht preisgeben, solange sie nicht dazu aufgefordert würde.

Але вона не збиралася ділитися новинами, якщо її не попросять.

Die aufrecht stehende Straußenfeder an ihrem Hut schwankte leicht.

Вертикальне страусине перо на її капелюсі злегка погойдувалось.

Diese Straußenfeder hatte Herrn Samsa schon immer geärgert.

Те страусине перо завжди дратувало пана Замзу.

„Also, was wollen Sie dann?", fragte Frau Samsa bestimmt.

«То чого ж ви хочете?» — твердо спитала пані Замза.

Das Dienstmädchen hatte nach wie vor großen Respekt vor Frau Samsa.

Покоївка все ще дуже поважала пані Замзу.

„Ja", antwortete sie und lachte freundlich auf.

«Так», – відповіла вона і дружньо розсміялася.

Einen Moment lang unterbrach sie ihr Lachen und sie verstummte.

На мить її сміх зупинив її.

„Um das Ding nebenan brauchst du dir keine Sorgen zu machen."

«Тобі не потрібно турбуватися про ту штуку по сусідству».

„Ich habe bereits dafür gesorgt, wie wir es loswerden."

«Я вже домовився, як ми цього позбудемося».

Frau Samsa und Grete schrieben ihre Briefe weiter.

Пані Замза та Грета продовжували писати свої листи.

Herr Samsa bemerkte jedoch, dass das Dienstmädchen noch nicht fertig war.

Але пан Замза помітив, що покоївка ще не закінчила.

Nun wollte sie alles genauer beschreiben.

Тепер вона хотіла описати все детальніше.

Doch er streckte die Hand aus, um ihre Annäherungsversuche zurückzuweisen.

Але він простягнув руку, щоб відхилити її зусилля.

Sie erkannte, dass sie an ihren Plänen kein Interesse hatten.

Вона зрозуміла, що їх не цікавлять її плани.

Und dann erinnerte sie sich an die große Eile, in der sie gewesen war.

І тоді вона згадала, як сильно поспішала.

„Dann tschüss", sagte sie, sichtlich beleidigt über das mangelnde Interesse.

«Тоді чао», — сказала вона, ображена відсутністю інтересу.

Bevor sie ging, knallte sie die Tür jedoch mit einem lauten Knall zu.

Але перед тим, як піти, вона жахливо сильно грюкнула дверима.

„Sie wird heute Abend entlassen", sagte Herr Samsa.

«Її звільнять увечері», — сказав пан Замза.

Seine Frau und seine Tochter hatten jedoch keine Zeit, ihm zu antworten.

Але його дружина та донька були надто зайняті, щоб відповісти йому.

Weil das Dienstmädchen ihren gerade erst gewonnenen Frieden gestört hatte.

Бо служниця порушила їхній щойно здобутий спокій.

Die Mutter und die Tochter standen auf und gingen zum Fenster.

Мати й донька встали, щоб підійти до вікна.

Und so blieben sie mit den Armen umeinander liegen.

І, обійнявши одне одного, вони залишилися там.

Herr Samsa drehte sich in seinem Stuhl um, um sie anzusehen.

Пан Замза обернувся на стільці, щоб подивитися на них.

Und eine Weile lang beobachtete er sie schweigend, wie sie dort standen.

І якийсь час він мовчки спостерігав за ними, які стояли там.

Schließlich rief er ihnen zu: „Willst du zu mir kommen?"

Нарешті він гукнув до них: «Ви підете до мене?»

„Vergessen wir doch einfach all den alten Kram."

«Давай забудемо про всі ці старі справи, добре?»

"Komm her und schenk mir ein wenig deiner Aufmerksamkeit."

«Підійди до мене та приділи мені трохи своєї уваги».

Die beiden Frauen taten, wie er gesagt hatte, und eilten zu ihm hinüber.

Дві жінки зробили, як він сказав, і кинулися до нього.

Sie umarmten ihn herzlich und küssten ihn.

Вони ніжно обійняли його й поцілували.

Sie kehrten schnell zurück, um ihre Briefe fertig zu schreiben.

Вони швидко повернулися, щоб закінчити писати свої листи.

Dann verließen alle drei gemeinsam die Wohnung.
Потім усі троє разом вийшли з квартири.
Sie waren seit Monaten nicht mehr zusammen aus dem Haus gegangen.
Вони не виходили разом з дому кілька місяців.
Und sie fuhren mit der Straßenbahn an den Stadtrand.
І вони поїхали трамваєм на околицю міста.
Sie hatten den gesamten Waggon der Straßenbahn für sich allein.
Весь вагон трамвая був у їхньому розпорядженні.
Von draußen strömte Sonnenschein durch das Fenster.
Сонячне світло заливалося крізь вікно ззовні.
Die Familie lehnte sich bequem in ihren Sitzen zurück.
Родина зручно вмостилася на своїх місцях.
Und sie besprachen die Aussichten für ihre Zukunft.
І вони обговорили перспективи свого майбутнього.
Bei näherer Betrachtung waren ihre Aussichten gar nicht so schlecht.
При детальнішому розгляді їхні перспективи виявилися непоганими.
Alle drei hatten Jobs mit dem Potenzial, mehr zu verdienen.
Усі троє мали роботу з потенціалом для більшого заробітку.
Sie hatten einander nie nach ihrer Arbeit gefragt.
Вони ніколи не питали одне одного про свою роботу.
Doch nun hatten sie endlich Zeit, solche Dinge zu besprechen.
Але тепер у них нарешті з'явився час обговорити такі речі.
Sie hatten auch die Möglichkeit, in eine kleinere Wohnung umzuziehen.
Вони також мали можливість переїхати до меншої квартири.
Dies hätte den größten Einfluss auf ihr Leben.
Це мало б найбільший вплив на їхнє життя.
Ihre jetzige Wohnung hatte Gregor ausgesucht.
Їхню нинішню квартиру обрав Грегор.
Aber jetzt könnten sie in eine günstigere Gegend ziehen.

Але тепер вони могли переїхати кудись дешевше.

Eine kleinere Wohnung, aber eine praktischere.

Менша квартира, але десь практичніше.

Das Gespräch über die Zukunft machte Grete wieder lebendiger.

Розмови про майбутнє знову оживили Грету.

Herr und Frau Samsa bemerkten auch andere Veränderungen an ihr.

Пан і пані Замза помітили в ній й інші зміни.

Ihre Wangen waren vor lauter Sorgen ganz blass geworden.

Її щоки зблідли від усіх турбот.

Doch ihre Tochter entwickelte sich inzwischen zu einer feinen jungen Dame.

Але тепер їхня донька розквітала і перетворювалася на чудову жінку.

Sie war mittlerweile wirklich eine wohlproportionierte und hübsche junge Frau.

Вона справді була тепер міцної статури та вродливої молодої жінки.

Ihre Eltern wurden still und bewunderten ihre Tochter.

Її батьки замовкли та захоплювалися своєю донькою.

Sie wechselten Blicke und kommunizierten unbewusst.

Вони переглядалися, несвідомо спілкуючись.

„Es wird bald an der Zeit sein, einen guten Mann für sie zu finden.“

«Скоро настане час знайти для неї хорошого чоловіка».

Die Straßenbahn hatte ihr Ziel erreicht und bremste ab.

Трамвай доїхав до місця призначення та сповільнив рух.

Ihre Tochter schien ihre neuen Träume zu bestätigen.

Здавалося, що їхня донька підтверджувала їхні нові мрії.

Sie war die Erste, die aufstand und ihren jungen Körper streckte.

Вона першою встала та потягнулася своїм молодим тілом.

9 781835 666647